AF742601

www.ingramcontent.com/pod-product-compliance
Lightning Source LLC
LaVergne TN
LVHW051120051026
849532LV00004BB/1618
* 9 7 8 9 3 5 8 7 2 7 6 3 0 *

ریل کا ڈبہ

(افسانے)

ہنس راج رہبر

Rail ka Dabba *(Short Stories)*
by: Hansraj Rahbar
Edition: July '2025
Publisher :
Taemeer Publications LLC (Michigan, USA / Hyderabad, India)

ISBN 978-93-5872-763-0

کتاب	:	**ریل کا ڈبہ** (افسانے)
مصنف	:	**ہنس راج رہبر**
صنف	:	فکشن
ناشر	:	تعمیر پبلی کیشنز (حیدرآباد، انڈیا)
سالِ اشاعت	:	۲۰۲۵ء
صفحات	:	۱۰۴
سرورق ڈیزائن	:	تعمیر ویب ڈیزائن

فہرست

بلو کی بیر

''کہتے ہیں کہ بڑا وزیر جیل دیکھنے آئے گا؟'' بلو نے اپنے ساتھی بوگھا سے دریافت کیا۔

''ہاں سنتے تو ہیں''۔ بوگھا نے جواب دیا۔

''اور کچھ قیدی بھی رہا کرے گا؟''

''جب آئے گا تو کرے گا ضرور۔''

بلو کا اُداس چہرہ کچھ دیر کے لیے کھل سا گیا اور ہونٹوں پر ہلکی سی مسکراہٹ دوڑ گئی اور بوگھا اس کی طرف ترحم ریز نگاہوں سے دیکھنے لگا۔

بلو ٹھاکر تھا اور بوگھا چمار، لیکن وہ دونوں قیدی تھے۔ دونوں کو ایک ہی مختصر سی وردی اور ایک ہی لوٹا پیالہ ملا تھا اور دونوں کی روٹی بھی ایک ہی لنگر سے بن کر آتی تھی۔ اس کے باوجود سماج نے ان کے درمیان ذات پات کی جو دیوار کھڑی کر دی تھی وہ مٹ نہ سکی تھی۔ اتنے قریب رہتے ہوئے بھی انہوں نے ایک دوسرے کو چھونے کی کبھی کوشش تک نہ کی تھی۔ ہاں پاس رہتے ہوئے دو مظلوم انسانوں میں جو قدرتی ہمدردی پیدا ہو جاتی ہے وہ ان میں بھی ہو گئی تھی بلکہ اس ہمدردی نے اس ممتا کا درجہ حاصل کر لیا تھا جو آپس کی فضول، مہمل اور بیکار باتیں بھی تحمل سے سن سکتی ہے۔

اس کا سبب شاید یہ ہو کہ بوگھا کی نسبت بلو کو اس کی ہمدردی کی زیادہ ضرورت تھی۔

بلو رہتک کے قریب موضع ہتھوالا ریاست جنید کا رہنے والا تھا۔ اس کی شادی ہوئے چار پانچ ہی روز ہوئے تھے۔ مکلاوا ابھی پندرہ بیس دن میں ہونا تھا۔ اسی دوران میں اس کی پانی دینے کی باری آگئی۔ جب وہ کھیت میں پہنچا تو اس کا پڑوسی اپنی گنے کی فصل سیراب کر رہا تھا۔ بلو نے اسے پانی چھوڑ دینے کو کہا کیونکہ اس کا پہر ختم ہو چکا تھا۔ مگر اس نے اپنا کھیت مکمل طور پر سیراب کیے بغیر پانی چھوڑنے سے صاف انکار کر دیا۔ وقت پر پانی چھوڑ دینے کا مطلب یہ تھا کہ وہ اپنی قیمتی فصل خراب کرے۔ اسے یہ ہرگز پسند نہ تھا اگر اپنے مفاد کی حفاظت کے لیے اسے ناجائز طور پر بھی لڑنا پڑے تو وہ لڑنے کو تیار تھا۔ لیکن بلو جھگڑا کرنے کو تیار نہ تھا۔ پے در پے صدموں سے اس میں لڑنے کی سکت ہی باقی نہ رہی تھی۔ گھر میں اکیلا آدمی لڑے تو کس کے دم پر لیکن پانی کمزور پڑ رہا تھا نہر نجانے کب مر جاتی۔ اس وقت پانی نہ ملنے کا مطلب یہ تھا کہ کھیت سوکھے رہ جائیں اور تمام فصل ضائع ہو جائے۔ اُس نے منت آمیز لہجے میں کہا۔ ''دیکھو بھائی یہ زبردستی ٹھیک نہیں تمہارا وقت ختم ہو چکا ہے۔ اب پانی مجھے دے دو۔''

''کون کہتا ہے کہ وقت ختم ہو گیا؟ ابھی تو آدھا پہر بھی نہیں لگا۔'' پڑوسی نے حقیقت کو سمجھتے ہوئے بھی دلیل پیش کی اور درشت لہجے میں بولا۔ ''بڑا آیا ہے وقت والا۔''

''تلخی کیوں دکھاتے ہو بھائی؟ ماس ماس سب ایک ہیں اور سبھی جان رکھتے ہیں۔''

''جان رکھتا ہے تو لے لیا ہوتا بدلہ تمہارا تو ماس مار رکھا ہے۔'' پڑوسی نے کہا اور مردانہ وار چھاتی ٹھونک لی۔

بہت دنوں کی بات تھی کسی ایسے ہی معاملہ میں جھگڑا ہو جانے کے سبب پڑوسی

کے دادا نے بلو کے دادا کو مارڈالا تھا۔ تب سے ان میں عداوت چلی آتی تھی۔ بلو نے اسے بہلانے کی کوشش کی تھی۔ اس نے غم غصہ اور کینہ ترک کردینے کا فیصلہ کیا تھا اور جاٹوں کی عام روش سے ہٹ کر وہ پرسکون زندگی بسر کرنا چاہتا تھا۔ مگر سمندر سوکھے گا بھی تو کہاں تک۔ آخر جاٹ کا غصہ تھا بھڑکانے پر پھر بھڑک گیا۔ پانی کو جتنا روک کر رکھا جاتا ہے، بند ٹوٹ جانے پر وہ اتنی ہی تیزی سے چلتا ہے۔ بلو نے آؤ دیکھا نہ تاؤ۔ لٹھ کا ایک بھرپور ہاتھ دے مارا۔ پڑوسی کی کھوپڑی پھٹ گئی اور وہ اوندھے منہ ایسا گرا کہ پھر نہ اُٹھ سکا۔

بلو کے خلاف قتل کا مقدمہ چلا۔ مخالف گروہ کا گاؤں میں بہت اثر ورسوخ تھا اور پیسے کے زور پر پولس کو بھی ہاتھ میں کرلیا۔ شہادتوں میں ثابت کیا گیا کہ بلو مقتول کے کھیت میں اس کا وقت ختم ہونے سے پہلے گیا۔ اس نے محض دیرینہ عداوت کی وجہ سے جھگڑا کھڑا کیا اور بدلہ لینے کی غرض سے اُسے قتل کردیا۔ ارادتاً قتل کے جرم میں بلو کو بیس سال قید سخت کی سزا ہوئی۔

بلو کو جیل میں چھ سال سے زیادہ عرصہ گزر گیا تھا۔ تب سے اب تک وہ تل تل کر کے گھلتا چلا جارہا تھا۔ اس کا سڈول جسم سوکھ کر کانٹا بن گیا۔ بیوی کا غم اسے اندر ہی اندر کھائے جاتا تھا۔ چونتیس سال کی عمر میں یہ تیسری شادی ہوئی تھی۔ اس شادی کے آٹھ نو سال پہلے صرف تین برس کے عرصہ میں اس کی دو بیویاں ...... ایک ہیضہ سے اور دوسری زچگی میں موت کا شکار بن چکی تھیں۔ اس لیے بلو نہ صرف اپنے گاؤں میں بلکہ اڑوس پڑوس کے سارے دیہات میں عورتیں کھانا مشہور ہوگیا اور کوئی آدمی اب اسے اپنی لڑکی دینے کو تیار نہ تھا۔ آخر اس کے چچا نے بڑی دوڑ دھوپ کے بعد اپنے سالے کی لڑکی لا کر دی تھی اور اس بیچاری پر بھی یہ مصیبت ٹوٹی۔

ایک نوجوان عورت کا غم اور وہ بھی ڈھلتی جوانی میں۔ بلو کو بخار رہنے لگا۔

پہلے وہ کھڑی خانے میں کام کرتا تھا لیکن اب سخت مشقت کے نااہل ہو جانے کے باعث بوگھا کے ساتھ ڈیوڑھی پر لگا دیا گیا تھا۔ یہاں کام صرف اتنا ہی تھا کہ کوئی افسر آئے تو اُٹھ کر اسے سلام کر دے۔ گزرنے کے لیے ڈیوڑھی کھول دے یا گھنٹی بجا دے۔ اور سلام کے علاوہ یہ کام بھی زیادہ تر بوگھا خود ہی کر لیتا تھا۔ وہ اگرچہ بوڑھا آدمی تھا لیکن اپنا کام نہایت شوق اور تندہی سے کرتا کیونکہ اسے بلو کو تکلیف دینا پسند نہیں تھا۔ اس کا اُترا ہوا چہرہ اور بیمار جسم دیکھ کر ہر ایک آدمی کو اس پر ترس آجاتا تھا لیکن جیل کا قانون اسے کام کرنے کے لیے مجبور کرتا تھا۔ بلو نے بوگھا کی ایثار نفسی دیکھ کر اسے اپنے دل کے ہر کونے میں جھانکنے کی اجازت دی تھی اور اپنی دکھ بھری کہانی سنا کر کہا تھا۔

''اگر اس وقت پڑوسی کی ذرا سی بات سہہ لیتا یہ نوبت تو نہ آتی۔''

''ٹھاکر! بات ہی تو سہی نہیں جاتی۔ جو اناج کھاتا ہے اسے غصہ بھی ضرور آتا ہے۔'' بوگھا نے فلسفیانہ انداز میں جواب دیا۔

وہ دونوں مل جل کر مصیبت کے دن کاٹ رہے تھے۔ جب کوئی بوگھا کے گھر سے ملاقات کرنے آتا تو بلو کو اپنے گھر کی یاد اور بھی زیادہ ستانے لگتی۔ یہی یاد تو تھی جو اسے گھن کی طرح کھائے جا رہی تھی۔ مگر بوگھا جیل کی زندگی سے مانوس ہو گیا نظر آتا تھا کیونکہ وہ اپنا کام بڑی دلچسپی سے کرتا تھا۔ اس نے گھنٹی بجانے میں وہ دسترس حاصل کر لی تھی کہ قیدی اس کے انداز ہی سے سمجھ جاتے تھے کہ یہ گھنٹی دودھ، ڈاکٹر، روٹی یا کس چیز کی ہے۔ لیکن بلو جب گھنٹی بجاتا تو ڈھیلے ہاتھ سے دو چار مرتبہ ٹن ٹن کر دیتا۔ جب اُسے اپنے دل کی دھڑکن میں ہی کوئی زندگی محسوس نہ ہوتی تھی تو وہ گھنٹی بجانے میں بھی کیا لطف حاصل کرتا؟

وہ دیوار کے ساتھ ٹیک لگائے بیٹھا رہتا۔ سامنے سفیدے کا ایک درخت تھا۔

گزشتہ کچھ دنوں سے اس پر ایک مینا آکر بیٹھنے لگی تھی۔ بلو حسرت بھری نگاہوں سے اُسے دیکھا کرتا۔ بوگھا نے جب دیکھا کہ اس کے ساتھی کی نگاہیں متواتر ایک ہی زاویہ پر پڑتی ہیں تو وہ بھی اس طرف دیکھنے لگا، تب بلو نے کہا۔

''یہ ہمیشہ اکیلی ہی بیٹھتی ہے۔''

''ہاں۔ اکیلی ہی بیٹھتی ہے۔''

''معلوم ہوتا ہے اس کا ابھی جوڑا نہیں بنا؟''

''جوڑا تو شاید بن چکا ہے۔ پر اس کے ساتھی کو کسی نے پکڑ لیا ہے۔''

''ہاں ایسا بھی ہو سکتا ہے۔'' بوگھا نے سر ہلاتے ہوئے تسلیم کیا۔

''تو کیا اب وہ نہیں آئے گا؟''

''جب اسے پکڑ ہی لیا تو اب وہ کیا آئے گا؟''

بلو ایک گہری سانس چھوڑ کر رہ گیا۔ اس کے بعد جب کبھی اسے موقع ملتا وہ اسی گفتگو کو دہرایا کرتا۔ اس کے مغموم دل کو ایک سانس چھوڑنے سے تسکین حاصل ہوتی کبھی کبھی وہ بوگھا سے ادھر اُدھر کی اور بے سر پیر کی باتیں پوچھا کرتا۔ مثلاً ڈیوڑی کے اوپر ایک مور بنا ہوا تھا، جس کی وجہ سے اسے مور ڈیوڑھی بھی کہتے تھے۔ بلو نے اسے غور سے دیکھا اور بوگھا سے دریافت کیا۔ ''یہ مور دھات کا بنا ہے نا؟''

''ہاں، دھات ہی کا بنا ہے۔'' بوگھا نے جواب دیا۔

''جست کا ہوگا؟''

''اور کیا، جست کا نہ ہوا تو لوہے کا ہوگا۔''

''اندر سے کھوکھلا ہے''۔ بلو کو کھوں کھوں خشک کھانسی آئی اور چھاتی زور سے دھڑکی۔ بوگھا نے ہمدردانہ نگاہوں سے اس کی طرف دیکھتے ہوئے جواب دیا۔ ''ہاں کھوکھلا ہے اور بہت پرانا بھی۔ اب تو یہ سمجھو کہ اس کی میعاد ہی ختم ہو چکی۔''

بلو کو ایک کپکپی سی محسوس ہوئی شاید بخار چڑھنے کا وقت قریب آرہا تھا لیکن خیال کو اس طرف سے ہٹائے رکھنے کی غرض سے اس نے مزید پوچھا"اس کا یہ ایک بازو کیسے ٹوٹ گیا؟"

بوگھا پرانا قیدی تھا۔ بیس سال کی قید میں سے سولہ سال کاٹ چکا تھا اور جیل کی ہر بات سے واقف تھا۔ اس نے بلو کو بتایا کہ ایک دفعہ قیدیوں کی دو پارٹیاں بن گئی تھیں۔ ان کی آپس میں لڑائی ٹھنی اور اتنا فساد برپا ہوا کہ اسے فرو کرنے کے لیے افسروں کو پلٹن بلانا پڑی۔ اس وقت قیدیوں کو ڈرانے کے لیے گولی چلائی گئی تھی اور وہ گولی مور کے اس بازو میں لگی تھی جس کی وجہ سے وہ ٹوٹ گیا۔ بلو نے اس بات کو تسلیم کر لیا لیکن بوگھا کی واقفیت سے متاثر ہو کر ایک سوال اور پوچھا۔"بوگھا یہ جیل کب سے بنی ہے؟"

"ٹھیک تو کچھ معلوم نہیں۔ پر جب یہ شہر بسا ہوگا، تبھی یہ جیل بھی بنی ہوگی۔"

"نہیں بوگھا۔ تم میرا مطلب نہیں سمجھے۔" بلو نے قدرے مسکرا کر کہا۔"میں اس جیل کی بابت نہیں کہہ رہا بلکہ یہ پوچھتا ہوں کہ مانس نے مانس کو جیل میں رکھنا کب سے شروع کیا؟"

بوگھا نے نہ تو تاریخ پڑھی تھی اور نہ ہی وہ انسان کے سماجی ارتقا سے واقف تھا۔ پھر وہ بلو کے اس سوال کا جواب کیا دیتا۔ اس نے ایک گہری نظر اپنے ساتھی پر ڈالی اور سوچا کہ غم سے آدمی کی عقل تیز ہو جاتی ہے۔ بولا۔

"ٹھاکر! اتنا غم نہ کیا کرو۔ یہ غم اچھا نہیں ہوتا۔"

بلو کی آنکھیں بھر آئیں لیکن اس نے آنسوؤں کو ضبط کرتے ہوئے کہا۔"بوگھا میرے کیا بس کی بات ہے۔ بیر جوان ہے اور گھر پر کوئی دوسرا کمانے والا نہیں۔ اس کا غم تو کرنا ہی پڑتا ہے۔"

"کیوں کرو تم اس کا غم؟ کیا تمہاری بیر کو اور آدمی نہیں ملتا؟" بوگھا ہنسا اور پھر

لطیف طنز کی۔ ''وہ تو شاید تمہیں یاد بھی نہ کرتی ہوگی۔''

اگر اس چوٹ میں محبت کا مٹھاس نہ ہوتی تو بلو کے لیے اسے برداشت کرنا مشکل تھا اور وہ چڑ جاتا۔ لیکن اب تو مغموم نگاہوں سے اپنے ساتھی کی طرف دیکھتے ہوئے کہا۔ ''نہیں بوگھا۔ تم نہیں جانتے۔ وہ بھلے گھر کی لڑکی ہے۔ اندر ہی اندر کڑھتی رہے گی لیکن کسی کی طرف آنکھ اُٹھا کر نہ دیکھے گی۔ اور پھر نسلی امتیاز کا فخر آنکھوں میں بھر کر کہا۔ ''ہم ٹھاکر ہیں۔ ہمارے ہاں عورتوں کو پردے میں رکھا جاتا ہے۔''

مئی کا مہینہ۔ گرمی بڑھ رہی تھی۔ جیل کے احاطے میں نیم کے متعدد درخت تھے۔ دوپہر کی چھٹی کے وقت قیدی ان کے ٹھنڈے سایہ میں آرام کرتے۔ بلو بھی کئی دفعہ وہاں آ بیٹھتا اور ان بگلوں کی طرف دیکھا کرتا جو اُن درختوں پر اپنے گھونسلے بنا رہے تھے اور دن بھر سفیدے کی پھنگیوں پر سے تنکے توڑا کرتے تھے۔ بلو سوچتا تھا۔ ان کے انڈے دینے کے دن نزدیک آ رہے ہیں۔ تبھی تو یہ گھونسلے بنا رہے ہیں۔ لیکن مینا اب بھی وہیں بیٹھی رہتی بہت ہوا تو اِدھر اُدھر اُڑنے چلی گئی اور پھر اسی ٹہنی پر آ بیٹھی۔ اس پر بلو بوگھا سے کہتا۔ ''یہ گھونسلا بھی تو نہیں بناتی؟''

''کیا کرے گی گھونسلا بنا کر؟ اکیلی جان ہے جہاں چاہا بیٹھ رہی۔ آندھی مینہ آیا تو کسی درخت یا دیوار کی کھوڑ میں جا چھپی۔ بتاؤ کیا کرنا ہے اسے گھونسلا بنا کر؟''

''ٹھیک کہتے ہو بوگھا اکیلی جان کا گھونسلا ہی کیا''۔ بلو نے مایوسی بھرے لہجے میں دہرایا اور پوچھا۔ ''اچھا یہ تو بتاؤ کچھ لڑائی کی بھی خبر سنی ہے؟''

''ٹھاکر! کون سنتا ہے ہمیں لڑائی کی خبریں۔ ہو رہی ہوگی کہیں۔'' بوگھا نے جواب دیا اور تکلیف دہ احساس کے ساتھ کہا۔ ''ہمیں تو اس سے کچھ فائدہ ہے نہ نقصان۔''

''فائدہ تو کیوں نہیں بوگھا۔ بہت فائدہ ہوگا ذرا دیکھتے جاؤ سنا ہے کہ سب قیدی

چھوٹ جائیں گے۔ جرمن کے دیس میں آنے کی دیر ہے۔''

''اچھا دیکھ لیں گے کسی نے پوچھا تھا کہ نائی بال کتنے بڑے ہیں۔ وہ بولا آگے ہی گریں گے۔''

بلو کو زور کی کھانسی آئی اور بلغم سے منہ بھر گیا وہ اُٹھ کر تھوکنے گیا اور لوٹ کر بولا ''بوگھا کام تو خراب ہو گیا۔ کھانسی کے ساتھ خون آیا ہے۔''

''خون آنا تو بہت برا ہے۔ کہیں دق نہ ہو گئی ہو؟ علاج کراؤ بہت بُرا مرض ہے۔''

دق کا نام سنکر کلیجہ پکڑا سا گیا اور وہ یاس انگیز لہجے میں بولا ''علاج کی بھی ایک ہی کہی۔ جیل کی خوراک اور اس پر تیل کی سبزی علاج کیا خاک ہو گا؟''

''یہ تو سبھی جانتے ہیں بھائی کہ تیل کی سبزی نقصان کرتی ہے۔ پھر گھوڑا گھاس سے نفرت کرے تو کھائے کیا؟''

''ٹھیک کہتے ہو بوگھا۔ بالکل ٹھیک قیدی اور گھوڑے میں فرق ہی کیا ہے۔ گھوڑے کو تھان پر باندھ کر جو چاہو کھلا دو۔ اور قیدی بے چارہ......''

بلو کو پھر کھانسی آئی اور اس نے خون کا لوندا تھوکتے ہوئے چھاتی پکڑ لی۔ تھوڑی دیر بعد اُسے بخار ہونے لگا اور اتنا تیز ہوا کہ اس کے لیے بیٹھنا مشکل ہو گیا۔ وہ چھٹی لے کر اپنے بستر پر جا لیٹا۔ شام کو ڈاکٹر آیا تو اسے ہسپتال میں داخل کر لیا گیا۔

بلو کو ہسپتال میں پڑے لگ بھگ دو مہینے گزر گئے۔ اس کا جسم خون اور کھانسی کی شکل میں بتدیل ہو کر گلتا چلا جا رہا تھا۔ ڈاکٹر دو وقت آتا تھرما میٹر لگا کر چلا جاتا اور بہت ہوا ایک آدھ مذاق کی بات کہہ دی کیونکہ وہ سرکاری ڈاکٹر تھا اور وہ بھی جیل کا ،اسے بیمار کی حالت پر رحم آنے کی بجائے ہنسی زیادہ آتی تھی۔ بوگھا ہر روز بلو کی مزاج پرسی کو آتا اور جتنا وقت اُسے ملتا وہ اس کے پاس بیٹھا رہتا۔ بلو اس سے اکثر پوچھتا۔

''کیا اب بھی وہ مینا وہیں بیٹھتی ہے؟''

''ہاں، وہیں۔''

''اس کا جوڑا نہیں بنا؟''

''جوڑا بن تو چکا ہے پر اس کا ساتھی کسی نے پکڑ لیا۔''

''تو کیا اب وہ نہیں آئے گا؟''

''جب اسے پکڑ ہی لیا تو وہ اب کیا آئے گا؟''

بلو گہری لمبی سانس چھوڑ کر رہ جاتا۔ بوگھا اس کی آنکھوں میں آنکھیں ڈال دیتا اور ان کھلی کھڑکیوں میں سے وہ دیکھ سکتا تھا کہ بلو کے سینے میں کتنی حسرتیں تڑپ رہی ہیں اور کتنے ارمان کلبلا رہے ہیں۔ مگر وہ مجبور تھا، بیمار تھا اس نے اپنی بیر کے لیے جان کی بازی لگا رکھی تھی۔

ایک دن شام کو پروا چل رہی تھی۔ آسمان پر بادلوں کے آوارہ ٹکڑے یوں منڈلا رہے تھے جس طرح مردہ گھاٹ کے گرد گدھیں منڈلایا کرتی ہیں۔ انہیں دیکھ کر خوشگوار بارش کی بجائے، کسی قیامت خیز منظر کا احساس ہوتا تھا۔ ڈاکٹر بلو کو دیکھنے آیا اور اسے دوائی پلاتے ہوئے پوچھا۔

''سناؤ، اب طبیعت کیسی ہے؟''

''آج تو کچھ ٹھیک ہے ڈاکٹر صاحب۔''

''ہوں۔'' ڈاکٹر معنی خیز انداز میں بڑبڑایا اور کہا ''کسی طرح کی تکلیف تو نہیں؟''

حضور بلو نے کروٹ بدلتے ہوئے کہا ''یہ بیڑی بہت تنگ کرتی ہے۔''

''میں نے رپورٹ لکھ دی ہے یہ کل اُتر جائے گی۔''

''حضور، مائی باپ ہیں، آپ نے بڑا رحم کیا۔ میں آپ کا یہ احسان عمر بھر نہیں

بھولوں گا۔"

بلو نے صدق دلی سے کہا اور شکر گزار نگاہوں سے دیکھتے ہوئے دریافت کیا۔

"میں کل ضرور چھوٹ جاؤں گا نا ڈاکٹر صاحب؟"

ریاست کی جیل میں ہر قیدی کو بیڑی پہنائی جاتی ہے وہ یا تو اس کی رہائی کے وقت کٹتی ہے یا موت پر۔ اگر بہت ہوا تو ڈاکٹر کی سفارش پر۔ اس کے معاملہ میں ڈاکٹر نے ایسی ہی سفارش کی تھی۔ لیکن بلو نے بیڑی اُترنے کو اپنی رہائی پر محمول کیا اور یہ سوال پوچھ بیٹھا۔ ڈاکٹر پہلے تو کہنا چاہتا تھا کہ بیوقوف تم سے رہائی کی بات کہی کسی نے؟ لیکن اس سے یہ سخت الفاظ کہتے نہ بن پڑے۔ وہ کچھ سوچ کر دل ہی دل میں ہنسا اور بولا۔

"ہاں کل تمہیں رہا کر دیا جائے گا۔ اپنی ہیر کے پاس جا کر تم اچھے ہو جاؤ گے نا؟"

مدقوق بلو مسکرا دیا۔

ارجن سنگھ بیماروں کی تیمارداری پر مقرر تھا، ڈاکٹر کی آخری بات اس نے بھی سنی اور یقین کر لیا کہ بلو کو کل رہا کر دیا جائے گا۔ پھیلتے پھیلتے بات سب میں پھیل گئی اور قیدیوں کے منہ چڑھی بات جلد نہیں چھوٹتی۔ وہ ذرا ذرا سی بات اس طرح کھوجتے پھرتے ہیں جس طرح مرغیوں کے غول کیڑے مکوڑے یا دیمک کی تلاش میں سرگرداں رہتے ہیں۔ اور ہر ایک بات میں خوب تجسس نکالتے ہیں پھر ایک ساتھی کے رہا ہونے کی بات خاص اہمیت رکھتی تھی۔ رہائی کا لفظ ذہن میں لاتے ہی اُنہیں اپنے گھر پہنچنے کا احساس ہوتا تھا۔ بڑی دیر تک اس بات کا چرچا ہوتا رہا اور یہ چرچا کرتے وہ سو گئے۔ آدھی رات کے قریب ہوا اتنی تیز ہو گئی کہ آندھی چلنے لگی اور نجانے کہاں سے اتنے بادل اُٹھا لائی کہ ایک دم گھنگور گھٹا چھا گئی۔ سارا ماحول تیرہ و تاریک

ہوگیا۔ درخت ہلنے لگے اور بادل مہیب آواز میں گرجنے لگے۔ قیدی اپنے اپنے بستر اُٹھا کر بارکوں میں لے گئے اور مچھروں سے بچاؤ کے لیے چادریں اوڑھ کر لیٹ گئے۔ ہوا کا زور بڑھتا گیا، بادلوں کی گرج بھیانک سے بھیانک ہوتی گئی۔ درختوں کے ٹہنے تڑاخ تڑاخ ٹوٹنے لگے۔ آندھی، مینہ، اولے، بھائیں شائیں اور گھرر گھرر کی ہولناک آوازیں سارا ماحول کانپ رہا تھا، گویا ضدی عناصر آپس میں ٹکرا کر نظام ہستی کو پاش پاش کردیں گے۔ اسی وقت بلو بڑبڑا اُٹھا۔ ''بیر بیر ڈرومت، میں آیا مجھے رہائی مل گئی۔ میں آیا۔ ڈرومت۔''

اُسے یوں بڑبڑاتا دیکھ کر ارجن سنگھ جس نے تھوڑی دیر پہلے اپنا بستر اندر لگایا تھا اور گرمی کی وجہ سے سونہ سکا تھا بولا۔ ''کیا بات ہے بلو؟''

''بیر، بیر! میں آیا.....'' بلو پھر چلایا۔

''کیوں بکتا ہے رات کے وقت۔ صبح ہوئی چلے جانا۔ اب سوجا۔''

بلو سو گیا— اور سویا ایک لمبی نیند۔

صبح کی سفیدی نمودار ہوئی تو اُس نے دیکھا کہ نیموں کے بہت سے ٹہنے ٹوٹ گئے ہیں۔ بگلوں کے گھونسلے اور ان کے شکستہ انڈے زمین پر بکھرے پڑے ہیں، اور مرے پڑے ہیں۔ وہ نامکمل بچے جنہوں نے زندگی سے منہ موڑ کر موت کی چونچ سے چوگا لینا پسند کیا تھا۔ قیدی بارکوں سے نکلے اور بیڑیاں جھنکارتے ہوئے اپنی اپنی مشقت پر چلے گئے۔ بوگھا نے بھی لوٹا، پیالہ اور کمبل اُٹھا کر ڈیوڑھی کی راہ لی۔ اُس نے جمع دار سے چابی لے کر دروازہ کھولا۔ آج اس کے دماغ میں غیر معمولی انتشار تھا۔ دروازہ کھولنے میں کسی دلچسپی اور انسانی احساس کو قطعی دخل نہ تھا، اس نے ایک مشینی کل کی طرح اُسے کھول دیا۔ کواڑ خلافِ معمول کھٹ سے دیوار میں لگا اور اتنا دھما کا ہوا کہ پرانی ڈیوڑھی کی چوکھٹ تک ہل گئی۔ مینا رات کو ٹوٹے ہوئے پر کے راستہ کھوکھلے مور میں داخل ہوگئی تھی۔ اب یہ آواز سن کر اُڑی اور سامنے سفیدے پر جا بیٹھی۔

دروازہ کھول کر بوگھا نے اپنا آسن جمایا اور دیوار سے ٹیک لگا کر بیٹھ رہا۔ اس کی نظر سفیدے کے درخت پر جا ٹکی۔ مینا حسب معمول اپنی جگہ پر بیٹھی دکھائی دی۔ یہ سوچنے کی بجائے کہ کیا وہ رات آندھی اور مینہ کے خوفناک کی جھکڑ میں وہی بیٹھی رہی، اس نے سوچنا شروع کیا۔

"یہ ہمیشہ اکیلی بیٹھتی ہے۔"

"اس کا ابھی جوڑا نہیں بنا۔"

"جوڑا تو شاید بن چکا ہے۔ پر اس کا ساتھی کسی نے پکڑ لیا۔"

"ہاں، ایسا بھی ہوسکتا ہے۔"

"تو کیا، اب وہ نہیں آئے گا۔؟"

"جب اسے پکڑ ہی لیا تو اب وہ کیا آئے گا۔"

آج بوگھا نے خود ہی گہری لمبی سانس چھوڑی——

●●●

پچھتاوا

''ماں کیا عورتوں کا جنم ایکادشی کے برت رکھنے اور کتھائیں سننے کے لیے ہی ہوتا ہے۔؟''

کمسن برج نے اپنی بوڑھی ماں سے پوچھا۔

''بیٹا! جیون میں دھرم کرم نہ ہو تو جیون کس کام کا؟'' بوڑھی ماں نے کتھا سننے کی سامگری گڑ، چاول آٹا اور پیسے وغیرہ ایک تھالی میں رکھتے ہوئے کہا۔

''یہ اچھا دھرم کرم ہے بھوکے مرو اور برہمنوں کی باتیں سنو۔''

''گیان کی باتیں کہتے ہیں بیٹا۔''

ماں نے تھالی کو سفید کپڑے سے ڈھانکتے ہوئے جواب دیا۔

''تو یہ گیان کی باتیں مجھ سے سن لو۔ اور یہ گڑ اور پیسے مجھے دیدو۔'' برج نے بچپن کے معصومانہ انداز میں کہا۔

''وہ شاستر کی باتیں ہیں تم کیا جانو؟'' ماں نے اعتراض کیا۔

''میں تو جانتا ہوں تم نہ سنو تو دوسری بات ہے۔''

''اچھا سناؤ تو بھلا۔ ماں نے تھالی ایک طرف رکھ دی اور بیٹے کے منہ پر ٹکٹکی لگا کر بیٹھ گئی۔''

''ایک راجہ بڑا انیائی اور پاپی تھا.....'' برج نے کتھا شروع کی۔ اس نے جنم

بھروان دھرم کا نام نہیں لیا، اپنی پرجا کو دکھ دیتا رہا۔ وہ بالکل پنڈتوں کے ڈھنگ میں کہہ رہا تھا۔ ''ایک دن شکار کھیلتے کھیلتے اپنے ساتھیوں سے بہت دُور نکل گیا۔ گرمی کے دن تھے۔ لو چل رہی تھی۔ اسے مارگ نہیں ملتا تھا۔ بھوکا پیاسا تھک کر ایک برکش (درخت) کے نیچے بیٹھ گیا۔ سندھیا ہوگئی، کھیل تک بھی اُڑ کر منہ میں نہ گئی۔ وہ راجہ تھا اس نے بھلا بھوک پیاس کا ہے کو دیکھی تھی۔ وہیں بیہوش ہو کر پران نکل گئے۔ ایشور کی مایا اس دن نرجلا ایکادشی تھی''۔ بوڑھی ماں حیرت سے سن رہی تھی اور بیٹا کہہ رہا تھا۔'' جب یم راج کے دوت اس کی آتما کو دھرم راج کے پاس لے گئے تو اس نے اس کا کھاتہ دیکھ کر کہا۔ اس نے جنم بھر پاپ کئے ہیں پرنتو ایکادشی کا برت رکھتے ہوئے مرا ہے۔ اس لیے اسے سورگ لے جاؤ۔ یہ ہے......'' برج نے مسکرانا شروع کیا۔'' ایکادشی کے برت کا مہاتم۔ جو ایکادشی کا برت رکھتا ہے۔ اسے ایسا ہی پھل ملتا ہے۔'' یہ کہکر اس نے ماں پر گہری نگاہ ڈالی اور پھر کہا۔'' کیوں ٹھیک ہے ناماں؟''

''ٹھیک تو ہے پر اب تمہیں بتاؤ یہ گیان ہے کہ نہیں؟''

''گیان؟۔ اس میں گیان کی کونسی بات ہے؟'' برج نے ہنستے ہوئے کہا۔

''گیان کیوں نہیں۔ صاف تو بتایا ہے کہ برت رکھنے سے پاپی بھی تر جاتے ہیں۔''

''تو سورگ میں پاپی بستے ہیں؟'' برج نے سوال کیا۔

''ارے باولے سورگ میں پاپی نہیں دھرماتما بستے ہیں۔''

''نہ کہیں سورگ ہے اور نہ کوئی ایسے سورگ میں پہنچ سکتا ہے۔ یہ سب ڈھکو......''

ماں زمین کے متحرک ہونے میں یقین کرسکتی تھی۔ مگر اس کے لیے یہ ماننا ناممکن تھا کہ کہیں سورگ ہے ہی نہیں اس کی عمر بھر کی تمنا، امنگ اور ریاضت اسی سورگ سے وابستہ تھی۔ اس نے نہ جانے سورگ کے کتنے حسین تصور باندھ رکھے تھے۔ ایسے تصوروں کو

ہٹانا اتنا ہی سوہان روح تھا۔ جتنا کہ ایک پیاسے سے یہ کہنا کہ جس ندی کی طرف وہ دوڑا جارہا ہے وہ خشک ہے، چنانچہ اس نے بیٹے کی بات کاٹ کر کہا۔

''تو یہ شاستر اور برہمن سب جھوٹے ہیں۔''

''ہاں جھوٹے صاف جھوٹے۔'' برج نے سر ہلاتے ہوئے کلی اعتماد سے کہا۔

عمر رسیدہ ماں کو اپنے سورگ کی فکر تو جاتی رہی بیٹے کی عاقبت کی فکر پیدا ہو گئی۔

اس نے شفقت آمیز لہجے میں کہا۔'' نا بیٹا شاستر اور برہمنوں کی نندا نہیں کرتے۔''

اس نے یہ الفاظ کئی مرتبہ کتھا میں سنے تھے اور یہ بھی سنا تھا کہ جو اُن کی نندا کرتا ہے وہ نرک میں جاتا ہے۔ ماں نے بیٹے کا نرک جانا تو در کنار اسے یہ بتانا بھی مناسب نہیں سمجھا۔

کئی سال گزر گئے۔

اب برج موہن تعلیم یافتہ نوجوان تھا۔ اشتراکی خیالات کا حامی اور ملک کی ترقی اور آزادی کا خواہاں اب تعلیم سے فارغ ہو کر اپنے گاؤں بسیکھا میں رہنے لگا تھا۔ گرام سدھار کی کچھ کتابیں منگوا رکھی تھیں۔ ان میں سے اقتباسات پڑھ پڑھ کر دیہاتیوں کو سناتا اور عام فہم اور دلچسپ پیرایہ میں ان کی وضاحت کرتا اور بتلاتا کہ ''کسان بیچارے صبح سے شام تک کام کرتے ہیں۔ اساڑھ بھادوں کی گرمی اور پوس ماگھ کی سردی سہتے ہیں پھر ان کا پیدا کیا ہوا اناج انہیں نہیں ملتا۔ اور سب کا سب لگان اور کچہری کے جرمانوں میں چلا جاتا ہے۔ یہی وجہ ہے کہ انہیں بنئے کے ہاں سے قرض لینا پڑتا ہے۔ جس کے سود سے وہ زندگی بھر اُبھر نہیں سکتے۔ انہیں پیٹ بھر روٹی نہیں ملتی۔ ان کے بچے تعلیم سے کورے رہ جاتے ہیں......''

دیہاتی ان باتوں کو بہت پسند کرتے تھے۔ اور کیوں نہ کرتے ان میں حقیقت تھی

.....ہمدردی تھی۔ اوران کے دلی جذبات کی ترجمانی تھی ان کے سینوں میں برسوں کی سوئی ہوئی امنگیں کروٹیں لینے لگیں۔ انہیں محسوس ہونے لگتا کہ جگ پلٹ رہا ہے اب وہ دن دُور نہیں جب انہیں بھی آدمی سمجھا جائے گا۔ آرام حاصل ہوگا اوران کے بچے بھی کتابیں پڑھیں گے۔

لیکن اقتصادی تبدیلی کے ساتھ ساتھ برجوہن ان میں سوشل تبدیلی دیکھنا چاہتا تھا۔ ٹونے ٹوٹکے اور جنتر منتر کے خلاف کہتے ہوئے پنڈتوں، ملاؤں، سادھوؤں اور مہنتوں کو جی بھر کر کوستا تھا وہ کہتا تھا۔''یہ پنڈت، فقیر، ملا، اور سادھو، راجوں، نوابوں، اور جاگیرداروں کے ایجنٹ میں، جو بھولے بھالے ان پڑھ، بھائیوں سے کہتے پھرتے ہیں کہ سب کو پرار بدھ کا لکھا ملتا ہے چھوٹے بڑے ایشور نے بنائے ہیں۔ جس کی کرم ریکھا ہی مدھم ہو، وہ بھاگوان کیسے بن سکتا ہے؟ بھائیو۔ یہ کرم اور تقدیر سب دھوکا ہے ان کا مطلب ہے کہ ہم ایسے ہی غفلت میں پڑے رہیں اور یہ دھرم اور دولت کے ٹھیکیدار مزے اُڑاتے رہیں۔''

لوگ یہ باتیں سنتے اور اس کی تعریف کرتے ہوئے کہتے۔'' آدمی پڑھ کر ہی آدمی بنتا ہے ہم تو مٹی کی دیوار ہیں۔ نہ سمجھیں نہ بوجھیں۔ ہمارا ہونا نہ ہونا برابر ہے۔''

غرض برجوہن کے آنے سے گاؤں میں ایک نئی زندگی پیدا ہوگئی اور لوگوں کو صفائی اور خودداری کا خیال ہونے لگا سب لوگ برجوہن کی عزت کرتے اور اس کی باتوں کو دلچسپی سے سنتے تھے۔ آس پاس کے دیہات میں بھی خبر ہوگئی۔ وہاں سے بھی لوگ سننے آجاتے تھے۔

برجوہن کی ماں بیٹے کی یہ شہرت اور عزت دیکھتی تو فخر کرنے لگتی۔ مگر جو دوسروں کا سدھار کرنا چاہتا ہے وہ اپنے نقائص پہلے دیکھتا ہے اس لیے برجوہن کو بوڑھی ماں کی دقیانوسی باتیں ایک آنکھ نہ بھاتی تھیں۔ جب وہ دیکھتا کہ ماں شام کو دیئے جلانے

لگتی ہے تو جلاتی ہی چلی جاتی ہے۔ ایک تلسی کے بوٹے تلے۔ ایک نالی میں۔ ایک کوئیں کی منڈیر پر۔ غرض یہ سلسلہ ختم ہونے میں ہی نہیں آتا۔ کبھی وہ بچوں کی طرح ہنس کر اور کبھی جھنجھلا کر کہتا۔ "ماں جب ایک لالٹین جلانے سے کام چل سکتا ہے تو دیوں کا یہ تانتا باندھنے سے کیا فائدہ؟"

ماں ہنس کر ٹال دیتی۔ اسے بیٹے کے سوالوں کا جواب دینے کی ہمت نہ تھی۔ پھر بھی یہ بات چیت کبھی کبھی بڑی لمبی اور دلچسپ ہو جاتی تھی۔

برجو بن کی ماں گاؤں کی بزرگ عورت تھی۔ عورتیں اکثر اس سے دھرم کرم اور ٹونے ٹوٹکے کے سلسلہ میں صلاح مشورہ لینے آیا کرتی تھیں کیونکہ ان باتوں میں اس کی رائے ناطق کبھی جاتی تھی مگر اب نہ جانے کیوں اسے اس قسم کے مشورے دینے میں پہلی سی خوشی محسوس نہ ہوتی تھی۔ بلکہ اپنے اندر ایک طرح کی کمی کا احساس ہوتا تھا۔ بظاہر وہ سب باتیں اسی طرح سمجھا دیتی۔ مگر دل میں شکوک پیدا ہو رہے تھے جنہیں وہ سمجھنے سے قاصر تھی۔

اس کی وجہ یہ تھی کہ برج کی باتوں سے اس کے من میں ہیجان پیدا ہو گیا تھا۔ اور اب اسکا اعتقاد پہلا سا کامل اعتقاد باقی نہیں رہا تھا۔ گو وہ برج کی باتوں پر کوئی توجہ نہیں دینا چاہتی تھی۔ اور انہیں یہ سوچ کر جھٹلاتی تھی کہ برج ان باتوں کو کیا جانے؟ اس نے تو انگریزی پڑھی ہے اور انگریزی پڑھ کر دھرم سے وشواش اُٹھ جاتا ہے۔

ہم دوسروں کو لاکھ دھوکا دیں مگر اپنے من کو دھوکے میں نہیں رکھ سکتے جس طرح زبان بار بار تکلیف زدہ دانت سے ٹکراتی ہے، وہ بھی شک کو کریدتی تھی اور ان شکوک کے زیر اثر اکثر سوچتی تھی کہ کوئی ایسی بات نکالے جس کا جواب برجو سے بن نہ پڑے۔ اس لیے وہ خود ہی برجو سے بحث کرتی اور سوالات پوچھتی مگر برجو اُن کا جواب

دے دیتا۔ لیکن ماں کو بیٹے کی ہمہ دانی پر وہ خوشی حاصل نہ ہوتی تھی جو اُسے لاجواب کر کے ہوتی۔ یہ اس کے دھرم کا سوال تھا۔ جسے اس نے بیٹے کی پرورش سے زیادہ ریاضت کر کے پالا تھا۔ وہ جس طرح بیٹے کو تمام تکالیف سے محفوظ رکھنا چاہتی تھی اسی طرح اپنے دھرم کو بھی شکوک سے مبرا رکھنا چاہتی تھی۔ اب اپنے ہی گھر میں دھرم اور بیٹے میں جنگ چھڑ گئی۔ وہ کہاں جائے؟

سوموتی اماوس کا دن تھا۔ نہر پر نہانے جا رہے تھے۔ بڑھیا کی پڑوسن اسے بلانے آئی، برجو سیر سے لوٹ کر آیا تھا۔ اور نہانے کی تیاری کر رہا تھا اس نے ماں کو تیار دیکھ کر کہا۔

''اتنی دُور جاتے تھک نہ جاؤ گی ماں؟''

ہے تو دُور بیٹا مگر لوگ تیرتھوں پر جاتے ہیں کیا ہم سے اتنا بھی نہیں ہوسکتا کہ نہر ہی میں نہا آئیں۔

''نہ تیرتھوں میں نہانے سے کچھ ملتا ہے اور نہ نہر میں بلکہ میل اور لگ جاتا ہے گھر پر ہی کیوں نہ نہائیں۔ دیکھو کتنا صاف پانی ہے۔ اس نے برتن میں سے پانی اچھالتے ہوئے کہا۔''

ماں تو خاموش ہوگئی مگر پڑوسن نے کہا۔

''تو کیا سب لوگ بےارتھ جاتے ہیں؟''

''ہاں میں تو یہی کہوں گا۔ بےارتھ بالکل بےارتھ۔''

''اچھا تو بتاؤ گنگا کا پانی برسوں رکھ لینے پر بھی خراب کیوں نہیں ہوتا۔''

''ہاں ہاں بتاؤ۔ اس میں کوئی تو کرامات ضرور ہے۔'' ماں نے جلدی سے کہا اور اس کی آنکھیں خوشی سے چمک اٹھی تھیں۔

''اس میں پہاڑوں کی بوٹیاں اور ہڈیوں کا فاسفورس ملا ہوتا ہے۔ اس کے سوا اور کوئی کرامات نہیں۔'' برجو نے بے تکلفی سے جواب دیا۔

ماں کے دل میں امید پیدا ہوئی تھی۔ پر مٹ گئی اور وہ افسردہ سی ہو گئی مگر پڑوسن نے ہنس کر کہا۔ ''دادی تمہارا برجو تو بڑی باتیں جانتا ہے۔''

''اری۔ اس کی باتوں کا کیا ٹھکانا ہے لوگ سنتے ہیں تو دنگ رہ جاتے ہیں۔'' بوڑھی ماں نے اپنی خشک آنکھوں کو دوبارہ چمکا کر کہا۔

دونوں نہانے چلی گئیں۔

ایک سال گزر گیا بوڑھی ماں اب بھی بدستور کتھا کیرتن میں جاتی تھی مگر خوشی سے نہیں عادت سے مجبور ہو کر۔ ہر وقت کھوئی کھوئی سی رہتی تھی۔ اِدھر کی چیز اُدھر رکھ دیتی اور اُدھر کی اِدھر۔ اندر کے کپڑے باہر اور باہر کے کپڑے اندر مگر یہ نہیں جانتی تھی کہ اپنے خیالات کو کس مرکز پر لائے؟ ماں کو برجو سے پہلے سی محبت تھی۔ مگر اب اسے پہلا سا سکھ اور شانتی حاصل نہ تھی۔ شاید اس لیے کہ اسے یہ خیال ہونے لگا تھا کہ برجو اب اس سے اتنی محبت نہیں کرتا۔

آج وہ اپنی پٹاریوں کو کھول کھول کر دیکھ رہی تھی کہ برجو بھی باہر سے آ گیا۔

''کیا کر رہی ہو ماں؟'' اس نے پوچھا۔

'' کچھ نہیں بیٹا ایسے ہی بکھت (وقت) بتا رہی ہوں۔'' ماں نے پرانے چیتھڑے کی گرہ کھولتے ہوئے جواب دیا۔

''وقت کیا بتانا ہے۔ آخر کچھ تو کر رہی ہو؟''

''پڑھو اس کاغذ میں کیا لکھا ہے۔؟'' ماں نے ایک کاغذ کا لال ٹکڑا بیٹے کو دیتے ہوئے کہا۔

"تمہارے پتا لائے تھے۔"

یہ کاغذ اس گانٹھ سے نکلا تھا جسے وہ کھول رہی تھی۔ برج کے پتا کو مرے آٹھ سال سے اُوپر ہو گئے تھے نہ معلوم یہ کاغذ کتنی دیر سے اسی طرح سے رکھا ہوا تھا۔ برج نے اسے بڑے اشتیاق اور احتیاط سے کھولنا شروع کیا، جیسے اس میں کوئی خاص منتر لکھا ہو تبھی تو ماں نے اسے اتنی حفاظت سے رکھا تھا۔ لیکن جب کھولا تو نسوار کا اشتہار نکلا جو آدھا اُردو اور آدھا گورمکھی میں چھپا ہوا تھا۔ اب شاید شہر میں وہ دکان ہی نہ ہو جس کی طرف سے یہ شائع ہوا تھا۔ اس کے پتا کو اکثر شہر جانا پڑتا تھا۔ کبھی لیکر جیب میں ڈال لیا ہوگا۔ وہاں سے ماں کے ہاتھ لگا تو اس نے سنبھال کر رکھ لیا۔

برج نے ایک نظر اشتہار پر اور ایک نظر ماں پر ڈالی۔ وہ سراپا حیرت بنی کھڑی تھی۔ نہ جانے عالم غیب سے عالم شہود میں کیا آنے والا ہے؟ برج کو ماں کی حالت پر ہنسی اور اس کی نا سمجھی پر ترس آیا۔ اور اشتہار کو پرزے پرزے کر کے ہوا میں پھینک دیا۔

"کیا تھا بیٹا۔؟" ماں نے پوچھا۔

"کچھ نہیں۔" برج نے بے اعتنائی سے جواب دیا۔

"کچھ کیوں نہیں۔ کتنے سندر اچھر (حروف) لکھے تھے؟"

برج بغیر جواب دیئے ہنستا ہوا باہر چلا گیا۔ ماں پہلے تو اس کی طرف دیکھتی رہی پھر ایک سرد آہ بھر کر پٹاری بند کر دی۔

برج ماں کے لئے ایک معمہ تھا۔ جسے وہ سمجھ نہ سکتی تھی کبھی تو میٹھی میٹھی باتیں کرتا اور کبھی دل کو مسل کر چل دیتا۔

بہار کا خوشگوار موسم تھا۔ درختوں پر نئی نئی کونپلیں پھوٹ رہی تھیں صبح کے وقت ٹھنڈی ٹھنڈی ہوا چل رہی تھی ماں اور برج دونوں بیٹھے تھے ماں نے سوچا کیوں نہ

برج سے یہ پہیلی سمجھ لوں۔

''بیٹا ایک بات بتاؤ گے؟'' اس نے بڑے دلار سے کہا۔

''پوچھو ماں کیا بات ہے؟''

''میں یہ پوچھتی ہوں کہ لڑکوں کو پڑھ لکھ کر ماں باپ سے کیوں محبت نہیں رہتی؟''

''آخر ماں تم یہ سوال کیوں پوچھتی ہو؟'' برج نے ایک گونہ تکلیف محسوس کرتے ہوئے کہا۔

''ویسے ہی۔''

اس 'ویسے ہی' میں بھی ایک بھید تھا۔ اس کا رواں رواں چوٹ کھائے ہوئے سانپ کی طرح تلملا اُٹھا۔ وہ تو بنی نوع انسان کی محبت کا علمبردار تھا مگر اس کی اپنی ہی ماں اس کی محبت سے نا آشنا ہے۔ یہ خیال اس کے لیے کتنا تکلیف دہ اور کتنا سوہان روح تھا۔ اس پر چند منٹ تک غم کی کیفیت طاری رہی۔ جب پھر آپے میں آیا تو اس پر نئی دنیا اور نئی زندگی کا نیا باب کھل رہا تھا۔ اس نے آج پہلی دفعہ محسوس کیا کہ اس نے سدھار کی دھن میں ماں کے جذبات کو کس قدر ٹھیس پہنچائی ہے۔ جو ماں ایک اشتہار کے ٹکڑے کو کوئی مقدس دستاویز سمجھ کر سینے سے لگائے رکھتی ہو۔ اس کو روحانی حقائق و معارف سمجھانے سے کیا حاصل؟ جو بوسیدہ اشتہار کا پرزہ تھا۔ اس کے لیے وہ کتنی ہی شیریں یادوں کا مرقع تھا۔ میرے لیے جو توہمات ہیں۔ اس کی زندگی کا سرمایہ نازش ہیں۔ میں نے اسے بلا سوچے سمجھے تباہ کر دیا۔ جس روح میں غم کے لئے جگہ ہی نہیں۔ اس میں علم ٹھونسنا اتنا ہی ناممکن ہے جتنا اندھی آنکھوں کو بینائی دینا۔ ہندستان کی جہالت کا سدِ باب اس کے عوام کی لغویات سے اُلجھنا نہیں، انسان کو علم سے روشناس کرنا ہے۔ جب علم ان کے دلوں میں اعلی خیالات پیدا کرے گا، توہمات خود

بخود اس طرح نکل جائیں گے جیسے موسم بہار میں درختوں پر نئی کونپلیں پھوٹنے سے پہلے پرانے اور بوسیدہ پتے جھڑ جاتے ہیں۔

یہ سوچ کر اس نے ماں کا ہاتھ پکڑ لیا اور سسکتے ہوئے بولا۔ ''ماں مجھے تم سے محبت ہے......بیحد محبت۔ مجھے معاف کرو میں آئندہ تمہاری باتوں میں دخل نہ دوں گا۔''

اُس کے آنسو ماں کے ہاتھ پر اور ماں کے اس کے گالوں پر گر رہے تھے۔

●●●

پلیٹ فارم پر

گاڑی لیٹ تھی۔ پلیٹ فارم پر مسافر اِدھر اُدھر بکھرے پڑے تھے۔ بکھرے ہوئے کچھ بنچوں پر، کچھ اپنے بندھے ہوئے بستروں پر اور کچھ صرف فرش پر ہی یوں لڑھک گئے تھے جس طرح حرکت بند ہو جانے کے بعد لٹو لڑھک جاتا ہے۔ لڑھک نہ جاتے تو اور کیا کرتے؟ گاڑی لیٹ تھی منزل کا تصور ماند پڑ گیا تھا۔ جب دل میں جوش نہ ہو۔ حرارت نہ ہو، امنگ نہ ہو تو جسم کو کاہلی اور غنودگی آ دبوچتی ہے۔ روح پر جمود کی موٹی موٹی تہیں جم جاتی ہیں۔ لیکن یہ جمود دائمی جمود نہ تھا۔ حالانکہ مسافر جانتے تھے کہ گاڑی لیٹ ہے۔ پھر بھی اُن کی آنکھوں میں انتظار بھرا تھا۔ ان کی نگاہیں بار بار اُس سمت کو اُٹھ جاتی تھیں جس طرف سے گاڑی کو آنا تھا اور انتظار زندگی کا نشان ہے۔

کچھ مسافر بے مقصد گھوم رہے تھے ..... آنند بھی گھوم رہا تھا۔ لیکن بے مقصد نہیں۔ اس نے پلیٹ فارم کے دو تین چکر اس غرض سے کاٹے اور اچٹتی اچٹتی نگاہیں مسافروں پر ڈالیں کہ کوئی جانا پہچانا چہرہ نظر آئے۔ دو گھڑی مل کر بیٹھیں باتیں کریں اور وقت اچھی طرح گزر جائے۔

''آپ مالیر کوٹلہ سے آئے ہیں؟''

''جی ہاں''

''اور اب لاہور جا رہے ہیں؟''

''جی ہاں''

مسافر نے دونوں مرتبہ جی ہاں، بے دلی سے دوہرایا اور متعجب سا ہو کر آنند کی طرف تاکتا رہا۔ آنند کے ہونٹوں پر پھیلی ہوئی قرب آمیز مسکراہٹ بھی اس کے چہرے پر واقفیت کی علامت نمایاں نہ کر سکی۔

''میں وہاں منوہن کے پاس آیا کرتا تھا۔'' آنند نے اس کے خفتہ ذہن کو بیدار کرنے کے لیے پانی کا چھینٹا مارا اور وہ چونکا۔

''اچھا، اچھا، بہت اچھا۔ لاہور تک کا ساتھ ہو گیا۔'' ایک خفیف سی مسکراہٹ مونچھوں کے تلے نمودار ہوئی جو واقفیت کی بجائے اجنبیت کی مظہر تھی۔

''کچھ خیال نہیں آتا۔'' اس نے حافظہ پر زور ڈالا۔ ''شاید میں پچھلے دنوں بیمار رہا ہوں۔ اس لیے آپ کو دیکھا نہیں۔''

''دیکھا نہیں۔ کتنی عجیب بات ہے۔''

''بیٹھیے ابھی آتا ہے موہن۔''

''بیٹا، بابو جی کو کرسی دو۔''

''دودھ منگواؤں آپ کے لیے۔''

بہت سی ملاقاتیں اور رسمی اور غیر رسمی فقرے آنند کے ذہن میں اُبھر آئے۔

منوہن اس کا دوست تھا۔ وہ شاعر بھی تھا اور اخبار نویس بھی۔ جب کبھی وہ اکٹھے ہوتے، ادبیات یا سیاسیات پر روح پرور اور بصیرت افروز گفتگو ہوتی۔ آنند کے لیے موہن سے ملنا واقعی موجب مسرت تھا۔ اسے لالہ جی سے کوئی دلچسپی نہ تھی۔ جب کبھی انہیں بولتے سنا وہ بازار کے اُتار چڑھاؤ کی باتیں ہی کیا کرتے تھے۔ سودا بازی کی باتیں، نفع اور خسارے کی باتیں، منوہن میں اور ان میں اگر کوئی رشتہ قائم تھا تو جسم کا دنیاداری کا، اس رشتے کا روح سے کوئی تعلق نہیں تھا۔ سالے بہنوئی میں کوئی بات

مشترک نہیں تھی۔ اگر وہ اسے صورت سے پہچان لیتے، تب بھی وہ ایک دوسرے کے لیے اجنبی ہی رہتے۔ ان سینکڑوں مسافروں کی طرح جو پلیٹ فارم پر پڑے گاڑی کا انتظار کر رہے تھے پھر بھی ناواقفیت کے اس اظہار سے آنند کو ایک صدمہ سا ہوا۔ جیسے انہوں نے اسے کسی مسرت سے محروم کر دیا ہو۔

آنند نے منوہن کے متعلق، اس کی بیوی اور بچوں کے متعلق چند باتیں لالہ جی سے دریافت کیں۔ وہ فرش پر بیٹھے ان کا جواب دیتے رہے، جس طرح وہ دکان پر بیٹھے سامنے کھڑے ہوئے گاہک کی باتوں کا جواب دیا کرتے ہیں۔ پھر آنند چپ ہو گیا اور یونہی کوئی دو منٹ تک ان کی طرف دیکھتا رہا۔ انہوں نے فلٹ کیپ پہن رکھی تھی۔ پیشانی پر کنگو کا ٹیکہ لگا تھا۔ ہر ہندو داماد جب سسرال سے روانہ ہوتا ہے تو اس کی پیشانی پر ٹیکہ لگایا جاتا ہے۔ بیس سال پہلے جب لالہ جی کی شادی ہوئی تھی تب ٹیکہ لگنا شروع ہوا تھا اور اب بھی جب کہ وہ بڑھاپے کے قریب پہنچ گئے تھے، بدستور لگتا چلا آتا تھا۔ رسم جو پڑ گئی تھی اور رسم وقت کی پروا نہیں کرتی۔

پلیٹ فارم کا گھنٹہ بند پڑا تھا۔ سوئیاں پونے سات پر ٹھہر گئی تھیں۔ ریلوے والوں نے اُوپر کاغذ چپکا دیا تھا۔ تاکہ دیکھنے والوں کو ان کے ساکن ہونے میں شبہ نہ رہے۔ آنند نے گھڑی کی سوئیوں پر چسپاں شدہ کاغذ کو اور پھر لالہ جی کی پیشانی پر کنگو کے ٹیکے کو دیکھا اور دل ہی دل میں کچھ سوچتا اور مسکراتا ہوا ایک طرف کو چل دیا۔

تھوڑے فاصلے پر ایک بنچ رکھی تھی جو دراصل دو بنچوں سے مل کر بنی تھی۔ اس لیے مسافر اس کے دونوں طرف بیٹھ سکتے تھے۔ وہ دیکھتے مخالف سمتوں میں تھے۔ لیکن ان کی کمریں درمیان میں مل جاتی تھیں۔ اس بنچ پر ایک سیٹ خالی تھی قریب ہی دو تین آدمی گھوم رہے تھے۔ آنند خالی سیٹ کی طرف لپکا۔ اسے ڈر تھا کہ کوئی اور آدمی اس سیٹ پر قبضہ نہ کر لے۔ آنند نے جلدی سے اپنا کمبل خالی سیٹ پر رکھا اور پاؤں پھیلا کر

اور کمر بنچ کی پشت سے لگا کر آرام سے بیٹھ گیا۔ لیکن بیٹھنے کے بعد اس کے دل میں احساس ندامت پیدا ہوا۔ آخر اس قدر جلدی کی کیا ضرورت تھی؟ سیٹ اتنی دیر سے خالی پڑی تھی۔ کوئی دوسرا بھی بیٹھ جاتا تو کیا؟ آدمی پڑھ لکھ کر بھی کمینہ ہی رہتا ہے۔ وہ اپنی ذات کو کس قدر اہمیت دیتا ہے۔ اگر یہ ذاتی اہمیت کا خیال مٹ جائے یا کم ہو جائے تو بہت سی مشکلات آپ ہی آپ حل ہو جاتی ہیں۔

آنند کے قریب ہی ایک آدمی بیٹھا سگریٹ پی رہا تھا اور دھوئیں کے مرغولے آہستہ آہستہ ہوا میں چھوڑ رہا تھا۔ اس کے پرلی طرف کوئی دیہاتی بیٹھا تھا جو خوانچے والے سے گڑ کی کی ریوڑیاں خرید لایا تھا اور دانتوں اور جبڑوں کی قوت صرف کر کے انہیں چبا رہا تھا یا چبانے کی کوشش کر رہا تھا۔ کیونکہ وہ اتنی چیڑھی تھیں کہ چبائے نہ چبتی تھیں۔ وہ ریوڑیاں نہیں لوہے کے چنے بن گئے تھیں۔ سگریٹ پینے والا مسافر اُسے اچھی نظر سے نہ دیکھ رہا تھا۔ اسے اپنی برتری کا احساس تھا۔ وہ اس سے یوں کھنچ کر بیٹھا تھا۔ جیسے اپنی برتری......اجنبیت کی حفاظت کر رہا ہو۔

بنچ کے دوسری طرف دو نوجوان بیٹھے تھے۔ ایک کے پاس اخبار تھا۔ لیکن وہ اسے پڑھ نہیں رہا تھا۔ بلکہ دوسرے نوجوان کے ساتھ باتیں کرنے میں مصروف تھا۔ دوسرا نوجوان شاید کانگریسی تھا۔ کیونکہ اس نے گاندھی ٹوپی پہن رکھی تھی وہ بولا ـ'' مرکزی اسمبلی کے الیکشن کا اثر صوبائی اسمبلیوں کے الیکشن پر بھی پڑے گا؟

'' اثر نہیں دوست!'' اس کے ساتھی نے مسکرا کر جواب دیا۔'' الیکشن کا نتیجہ ملک کے سیاسی رجحانات کا آئینہ ہے۔ صاف ظاہر ہے کہ لیگ مسلمانوں میں اتنی ہی ہردلعزیز ہے جتنی کانگریس ہندوؤں میں۔''

'' یہ آپ کیسے کہہ سکتے ہیں؟''

'' کہنے کی ضرورت ہی نہیں۔ الیکشن کا نتیجہ ہی حقیقت ہے کھلی اور واضح۔

کانگری نوجوان چپ ہو گیا جیسے کچھ سوچ رہا ہو۔ ہاں وہ سوچ رہا تھا اور اس طرف کے بنچ پر بیٹھا دہقان ایک سخت سی ریوڑی کو تیز تیز دانتوں سے چبا رہا تھا مگر اتنی سخت اور چیڑھی تھی وہ ریوڑی کہ قابو میں نہ آتی تھی۔ دانت اسے کاٹنے کی بجائے اس کے اندر دھنس جاتے تھے۔ وہ دو انگلیاں منہ میں ڈال کر دانتوں میں دھنسی ہوئی ریوڑی کو نکالتا اور پھر پلٹ کر دانتوں تلے رکھتا۔ آخر وہ کچھ نرم ہوئی اور قابو میں آگئی۔ کانگری نوجوان پھر بولا:۔

''حقیقت تو ضرور ہے لیکن یہ کوئی اچھی بات نہیں۔''

آپ حقیقت مانیئے، اچھی بری کا فیصلہ وقت کر دے گا۔

کانگریس نوجوان کی آنکھیں پلیٹ فارم کے گھنٹے کی طرف اُٹھ گئیں شاید وہ دیکھنا چاہتا تھا کہ گاڑی آنے میں ابھی کتنی دیر باقی ہے۔ لیکن گھنٹہ بند تھا اور ساکن سوئیوں پر کاغذ چپکا ہوا تھا تا کہ دیکھنے والے دھوکا نہ کھائیں۔ کانگری نوجوان کی آنکھوں میں مایوسی کی لہر دوڑ گئی جب سوئیاں بند پڑی ہیں تو فیصلہ کن وقت کیسے آئے گا۔؟

چار بجنے میں پانچ منٹ باقی ہیں۔ اخبار بین نوجوان آستین ہٹا کر کلائی پر بندھی ہوئی گھڑی دیکھ رہا تھا۔ بس تھوڑی دیر اور۔

لیکن یہ تھوڑی دیر چپ چاپ وقت گزارنا دشوار معلوم ہوتا تھا۔ اس نے اپنے ساتھی کو مخاطب کرتے ہوئے کہا۔

''اس رجحان میں مجھے ایک صحت مند علامت نظر آتی ہے۔ ملک کی سیاست دو پُرشور ندیوں۔ گنگا اور جمنا میں بہہ نکلی ہے جب وہ ایک سنگم پر جا ملیں گی تو ملک کی قسمت جاگ اٹھے گی۔''

''پر وہ سنگم آئے گا کہاں؟ ایک پورب کو بہہ رہی ہے اور دوسری پچھم کو!''

''پورب اور پچھم کو۔''

''جی ہاں۔مایوسی میں جوش جھلک رہا تھا۔کانگریس کا نعرہ ہے ہندستان چھوڑ دو اور لیگ چلاتی ہے پاکستان۔پاکستان۔یعنی ملک کے حصے کرو۔''

ایک نوجوان چہل قدمی کرتا ہوا بنچ کے قریب سے گزرا اس نے سرج کا بڑھیا سوٹ پہن رکھا تھا۔ اس کے ہاتھوں پر چمڑے کے دستانے تھے جو اس نے صبح کی سردی سے انگلیوں کو ٹھٹھرنے سے بچانے کے لیے پہنے تھے۔لیکن اب جبکہ دوپہر ڈھل رہی تھی۔ دھوپ تیز تھی اور دستانوں کی کوئی ضرورت نہیں تھی وہ انہیں بدستور پہنے ہوئے تھا جیسے کوئی تندرست جوان نہیں گنٹھیے کا مریض ہے اور اسے دستانے پہننے کی واقعی ضرورت ہے۔وہ ہونٹوں سے کوئی نغمہ الاپتا اور ہاتھوں سے تال دیتا ہوا یوں چل رہا تھا جیسے دستانوں کی نمائش کر رہا ہو اور نمائش اور دکھاوے کی ہوس تندرستی کو بھی بیمار بنا دیتی ہے۔

''مجھے اب یاد آیا۔آپ وہاں آیا کرتے تھے۔آپ کی گھر والی بھی ساتھ ہوتی تھی۔''

''آپ کی شادی ابھی ہوئی ہے۔؟''

''جی ہاں۔''

''لالہ جی اپنی جگہ سے اُٹھ کر آنند کے قریب آ گئے تھے۔بنچ پر جگہ نہیں تھی۔اس لیے دائیں طرف فرش پر بیٹھ گئے اور بولے۔

''بیماری نے دماغ کمزور کر دیا ہے۔کچھ بھی ہو یاد نہیں رہتا۔چھوٹی سی بات سوچنے کے لیے اتنا وقت لگا۔''

لالہ جی اپنی بیمار طبیعت کو بہلانے کے لیے باتیں کرنا چاہتے تھے اور سفر میں ساتھ کرنے کی چاہ انہیں آنند کے قریب کھینچ لائی تھی۔لیکن وہ اس کی مجبوری کو نہ

پہچانتے تھے۔ کیونکہ وہ روح کی ڈوری سے ناواقف تھے۔

اس خیال سے کہ کہیں وہ خشک اور بے مزہ بات شروع نہ کردیں اور اسے اپنے دیہاتی ساتھی کی سخت ریوڑی کی طرح چبانا مشکل ہو جائے۔ آنند بائیں طرف دیکھنے لگا۔ اس کی نگاہیں بار بار اس جگہ جا کر رکتی تھیں جہاں ایک بوڑھی عورت کے پاس ایک نوجوان عورت فیروزی رنگ کا دوپٹہ اوڑھے بیٹھی تھی۔ شاید اس کا بیاہ ابھی ابھی ہوا تھا۔ کیونکہ ہاتھوں میں مہندی رچی تھی۔ گوری مخروطی انگلیاں دیکھ کر خوبصورتی کا احساس ہوتا تھا۔ آنند کی آنکھیں اس کی منموہنی صورت دیکھنے کے لیے ترس رہی تھیں لیکن اس نے آدھا گھونگھٹ نکال رکھا تھا۔ آدھا؟ شاید وہ اسے بھی اُتار پھینکنا چاہتی تھی۔ مگر کوئی جھجک مانع تھی۔ اس کے ہاتھ اس جھجک کا آہنی پنجہ اُتار پھینکنے کے لیے کافی مضبوط نہ تھے اور گوری گھونگھٹ میں جل رہی تھی۔ آنند کی نگاہیں اسے دیکھنے کے لیے ترس رہی تھیں۔ پلیٹ فارم کا گھنٹہ بند پڑا تھا۔

دوسرے پلیٹ فارم پر بینڈ بج رہا تھا۔ اس کی آواز میں دلکشی تھی۔ سہانا پن تھا۔ جیسے وہ محاذ جنگ سے لوٹنے والے فاتح سپاہیوں کا خیر مقدم کرنے آیا ہو۔ دیس کی آزادی کے لیے لڑنے والے فاتح سپاہی اور یہ بینڈ واقعی ایک سہانا تصور تھا۔ اس طرف کا سگنل ہو چکا تھا۔ گاڑی آنے والی تھی۔ وہ لیٹ نہیں تھی۔ شاید وہ کبھی لیٹ نہیں ہوئی اور اس پلیٹ فارم کا گھنٹہ بھی ٹھیک چل رہا تھا۔

''یہ کنٹرول کب ہٹیں گے بابو جی؟''

بینڈ کی آواز مدھم پڑ گئی۔ آنند کو لالہ جی کا یہ سوال بہت ہی کرخت اور ناموزوں معلوم ہوا آخر یہ کون سا موقع تھا کنٹرول کی بات کرنے کا؟ انہیں دوکانداری کے سوا کچھ سوجھتا ہی نہیں، اُن کا بیمار دماغ خرید و فروخت اور سودے بازی کے سوا کچھ نہیں سوچ سکتا اور وہ بھی اس وقت جبکہ وہ دکان سے کوسوں دُور بیٹھے ہیں۔ دکان سے پہلے

گاڑی کے آنے کی فکر ضروری ہے۔

"یہ بات غلط ہے کہ وہ آزادی نہیں چاہتے ان کے خدشات دُور کیجئے جینے کا حق دیجئے۔ وہ بھی آپ کے ساتھ ہیں۔"

"ساتھ ہیں تو لڑیں آزادی کے لیے۔" کانگریسی نوجوان نے کہا۔ "سودے بازی کیوں کرتے ہو؟"

بینڈ بند ہو گیا تھا۔ یا دوسرے پلیٹ فارم پر گاڑی آجانے اور شور بڑھ جانے کی وجہ سے سنائی نہ دیتا تھا۔ کنٹرول اور سودے بازی کے الفاظ آنند کے ذہن میں بھڑوں کی طرح ڈنک مار رہے تھے۔ رگ و ریشے میں زہر سا سرایت کر رہا تھا اور بے چینی بڑھ رہی تھی۔ ہماری سیاسیات بھی سودے بازی سے مبرا نہیں۔ جب ہر ایک چیز کی اساس اقتصادیات پر ہے۔ پھر لالہ جی سے نفرت کیوں؟ شاید اس لیے کہ ان کی ذہنیت میں دکانداری کو بہت زیادہ دخل ہے۔ حد سے زیادہ دکانداری جذبات کو کچل دیتی ہے اور نری جذباتیت سے ادراک میں گھن لگ جاتا ہے۔

پریشان کن خیالات سے دامن چھڑانے کے لیے آنند بحث میں دلچسپی لینے لگا جو اس وقت کافی الجھ گئی تھی۔ اخبار بین نوجوان کانگریسی نوجوان کو سمجھا رہا تھا کہ پاکستان کے مطالبے کا پس منظر بالکل سیاسی ہے۔ سیاست کی ترقی اور وقت کی رفتار کے ساتھ ساتھ اس نے یہ شکل اختیار کی ہے۔ یہ ملک کی بدقسمتی ہے کہ یہاں ہر ایک مسئلہ خالص سیاسی ہونے کے باوجود مذہبی رنگت اختیار کر لیتا ہے۔

"ہندستان کا کچھ بنے گا بھی؟"

آنند کو بحث میں دلچسپی لیتے دیکھ کر لالہ جی اس طرف متوجہ ہو گئے تھے۔ لیکن ان کی بیمار طبیعت کو بہلانے کے لیے صرف سننا کافی نہیں تھا۔ وہ خود باتیں کرنا چاہتے تھے۔ اس لیے انہوں نے یہ سوال دریافت کیا تھا۔

''ہاں، بنے گا۔''

''ہمیں تو کچھ نظر نہیں آتا۔ اتنے دن ہو گئے دیکھتے۔ آخر کب بنے گا؟''

''بہت جلد۔''

آنند نے بیدلی سے مختصراً کہا۔ کیونکہ اسے لالہ جی کے ساتھ طویل گفتگو میں الجھنا پسند نہیں تھا۔ وہ اخبار بین نوجوان کی باتوں میں دلچسپی لے رہا تھا جو کانگرسی نوجوان کو اپنا نظریہ تحمل سنجیدگی اور دانشمندی سے سمجھا رہا تھا۔

''اگر گاڑی لیٹ نہ ہوتی تو ہم اب تک جالندھر کے قریب پہنچ گئے ہوتے۔''

آنند کے قریب بیٹھے ہوئے مسافر نے سگریٹ کے ٹکڑے کو دور پھینکتے ہوئے کہا۔

''آپ کو جالندھر جانا ہے؟'' آنند نے دریافت کیا۔

''جی ہاں۔'' اس نے جواب دیا ایک دلنواز مسکراہٹ اس کے ہونٹوں سے پیدا ہو کر تمام چہرے پر پھیل گئی۔ شاید گھر پر انتظار کرتی ہوئی حسین بیوی کا تصور اسے گدگدا رہا تھا۔ پھر دوسروں کے سامنے یہ خواہ مخواہ کی مسکراہٹ اسے ایک بوجھ سا محسوس ہوئی اور وہ نظریں پرے ہٹا کر اس گھونگھٹ والی گوری کی طرف دیکھنے لگا لیکن لالہ جی بولے:۔

''جنگ شروع ہوتے ہی یہ گاڑی لیٹ آنے لگی تھی۔ اور اب تک لیٹ آ رہی ہے۔''

''اور یہ گھنٹہ'' آنند نے انگلی کا اشارہ کیا۔ ''جنگ شروع ہوتے ہی بند ہوا تھا اور اب تک بند پڑا ہے۔''

سب لوگ ہنس پڑے جیسے انہوں نے گھنٹے کو بند پڑے پہلی مرتبہ دیکھا ہو کہنے کا انداز مزاحیہ تو تھا ہی لیکن آنند کو اس داد کی توقع نہ تھی۔ بحث ایک نکتے پر رک گئی تھی وہ

دونوں نوجوان بھی اس طرف متوجہ تھے۔

''خوب خوب!'' اخبار بین نوجوان بولا۔ اس نے آنند کی بات کو سب سے زیادہ سمجھا تھا۔ بنچ کے سہارے اس کی طرف جھکتے ہوئے وہ پھر بولا۔ ''میں بھی انہیں یہی سمجھا رہا ہوں۔ ہماری سیاست میں ڈیڈلاک پیدا ہو گیا ہے۔ اسے دور کرنے کی ضرورت ہے۔''

''تمہاری پتلون میں جھول پڑتا ہے اور بہت ہی بدنما۔''

دستانوں والا نوجوان گھومتے گھامتے اپنے کسی دوست کے ہمراہ پھر بنچ کے قریب سے گزر رہا تھا اور اس کا دوست پتلون کے نقص کی طرف اشارہ کر کے یہ بات کہہ رہا تھا۔

''ہاں سلی درست نہیں۔ جا کر درست کرواؤں گا۔''

اس نے جواب دیا اور کھسیانہ سا ہو گیا۔ حالانکہ قصور اس کا نہیں درزی کا تھا لیکن اسے احساس تھا کہ اس نے یہ جھول اپنے ساتھ چسپاں کیوں کر لیا۔ اس نے ہونٹ چباتے ہوئے، دستانے اُتارے اور انہیں کوٹ کی جیبوں میں ٹھونسنے کی کوشش کرنے لگا جیسے دستانوں کی نمائش کا مقصد پتلون کا جھول چھپانا تھا۔

اخبار والا نوجوان اور آنند بیک وقت ہنس پڑے۔ پتلون کے جھول پر نہیں اور نہ اس نوجوان کے کھسیانے پن پر ان کی نگاہیں اس جھول میں کسی اور حقیقت کو دیکھ رہی تھیں۔ کانگرسی نوجوان کی پہنچ وہاں تک نہیں تھی۔ وہ ہنسی میں ان کا ساتھ نہ دے سکا۔ وہ کھسیانا سا ہو گیا۔ گویا جھول اس کی روح، اس کے خیال اور اس کے جسم سے چپک گیا ہو۔ اس نے اس جھول کو جھٹک دینے کی غرض سے ایک طویل انگڑائی لی اور پھر کہا:۔

''پاکستان کو مان بھی لیا جائے تو لیگ کوئی اور شوشہ کھڑا کر دے گی۔''

''آپ پاکستان کو شوشہ سمجھتے ہیں؟''

''میرا یہ مطلب نہیں۔اس نے معذرت کی۔''

''آپ کا جو مطلب ہے وہی کہیے۔''اخبار والا نوجوان مسکرایا اور بہت سی ان کہی اس مسکراہٹ نے کہہ دی۔

پھر نوجوان نے آنند کی طرف یوں دیکھا جیسے وہ اس کا دیرینہ واقف ہو اور اپنی بات کی تائید چاہتا ہو۔لیکن آنند یہ بھی نہیں جانتا تھا کہ وہ ہندو ہے یا مسلمان۔کدھر سے آیا ہے اور کہاں جائے گا اور یہ ایک دوسری حقیقت ہے کہ وہ واقعی آنند سے بہت ہی قریب تھا۔ان کے دل ایک ہی رفتار سے دھڑک رہے تھے اور وہ ایک ہی رفتار سے سوچ رہے تھے۔ان کی روحوں میں کوئی محکم رشتہ تھا۔روحوں کے اتصال سے اجنبیت آپ ہی مٹ جاتی ہے۔کانگرسی نوجوان اس کی طرف یوں دیکھ رہا تھا جیسے کہہ رہا ہوں کہ میں نے آپ کی بات تسلیم تو کر لی۔لیکن اعتماد سے نہیں،ضرورت سے مجبور ہو کر، بہر کیف بحث ایک نکتے پر پہنچ گئی تھی۔گاڑی کا سگنل ہو چکا تھا اور دور سے انجن کا دھواں نظر آ رہا تھا۔آنند کے پاس بیٹھے ہوئے مسافر نے پرے بیٹھے ہوئے دہقان سے جو اپنی ریوڑیاں ختم کر چکا تھا پوچھا۔

''یہ بکس تمہارا ہے؟''

''جی ہاں۔''

''اور یہ میرا ہے۔میں گاڑی میں چڑھ جاؤں گا تم یہ بکس ایک ایک کر کے مجھے پکڑا دینا۔یا تم چڑھ جانا میں پکڑا دوں گا۔''

''جی بہت اچھا۔''

اجنبیت مٹ گئی۔ضرورت نے دونوں میں سمجھوتہ کرا دیا۔گاڑی سگنل کے اندر داخل ہو رہی تھی۔سب کی آنکھیں منزل پر پہنچنے کے احساس سے چمک اٹھیں۔تمام

پلیٹ فارم پر ایک سرے سے دوسرے تک زندگی کی ایک لہر دوڑ گئی۔ اب وہ گوری بھی گھونگھٹ اُٹھا کر پُر اشتیاق نگاہوں سے گاڑی کی طرف دیکھ رہی تھی۔ معلوم ہوتا تھا کہ زندگی کی یہ لہر جمود، قدامت اور اجنبیت کو خس و خاشاک کی طرح دور،...... کہیں بہت دور پھینک آئی ہے۔ سب مسافر تھے۔ سب متحرک انسان تھے اور سب کی آنکھیں منزل پر پہنچنے کے احساس سے چمک رہی تھیں۔

●●●

تپسیا

امیں چند کو محلہ بازار کے لگ بھگ سبھی لوگ نفرت اور حقارت سے دیکھتے تھے اور جب کبھی اس کا ذکر آ جاتا تو ناک بھوں چڑھا کر کہتے تھے۔ ''بے ایمان ہے، جھوٹا ہے، اس کا ذرا بھی اعتبار نہیں۔'' اکثر یہ باتیں اس کے پیٹھ پیچھے ہوتی تھیں لیکن کئی بار اس کے منہ پر بھی۔ اسے سنا سنا کر بھی کہا جاتا — ''بے ایمان ہے۔ جھوٹا ہے۔ اس کا کوئی اعتبار نہیں''۔ امیں چند سن کر مسکرا دیتا اور خاموش ہو جاتا تھا جیسے کسی بات سے ناراض ہونا اور گلہ کرنا جانتا ہی نہ ہو۔ لوگ اس کے اس رویہ سے اور بھی ناراض ہو جاتے — اور اسے ڈھیٹ کے خطاب سے نوازتے تھے۔

امیں چند ایک ہفتہ وار اخبار کا ایڈیٹر تھا اور مالک بھی خود ہی تھا۔ وہ اس اخبار کو آٹھ دس سال سے چلا رہا تھا۔ لیکن کوئلوں کی دلالی میں ہاتھ کالے کی طرح اسے اس کام میں نیک نامی کی جگہ بدنامی حاصل ہوئی تھی۔ ہمیشہ مقروض اور زیر بار رہتا تھا۔ خرچ کسی طرح بھی پورا نہیں ہوتا تھا۔ اس سے پہلے وہ ایک روزانہ اخبار میں ملازم تھا۔ بندھے ٹکے ٹائم میں کام کیا کرتا تھا اس کے بعد اطمینان سے گھر لوٹ آتا تھا۔ معقول تنخواہ ملتی تھی۔ کوئی فکر نہیں تھی۔ جھنجھٹ نہیں تھا، جب سے وہ ملازمت چھوٹی تھی تب سے یہ دردِ سر مول لے لیا تھا۔

ایک مرتبہ سرکاری پریس کے مزدوروں نے تنخواہ میں کمی کی تجویز کے خلاف ہڑتال کی تو امیں چند نے مزدوروں کے حق میں سرخیاں نکال کر خبر کو نمایاں طور پر شائع کیا۔ اس پر اخبار کا بیوپاری مالک جو خوش قسمتی یا بد قسمتی سے کانگریس کا سرکردہ لیڈر بھی تھا، ناراض ہو گیا۔ اس نے جواب طلبی کرنے کے بعد امیں چند کو ہدایت کی کہ آئندہ اس بات کا دھیان رکھنا کہ ہمیں سرکار کو ناراض نہیں کرنا۔ دیکھتے ہو کہ اخبار میں سرکاری اشتہار چھپتے ہیں اور اس سے ہمیں ہزاروں روپے مہینہ کی آمدنی ہوتی ہے جو ہماری ذرا سی نادانی سے کسی وقت بھی بند ہو سکتی ہے۔ امیں چند کو مالک کی یہ بات پسند نہیں آئی۔ اس نے نہایت بے باکی سے کہا۔

''اگر سرکار کی ناراضگی اور اشتہار بند ہو جانے کا اتنا ڈر ہے تو اعلان کر دیجیے کہ اخبار سرکاری پالیسی پر عمل کرے گا۔ روپیہ ہی کمانا ہے تو روپیہ کمایئے عوام دوستی اور دیش بھگتی کا یہ سوانگ کیوں بھرا جائے—''

''تم نہیں جانتے۔ روپیہ کمانے کے لیے بھی سوانگ بھرنا پڑتا ہے' بیوپاری مالک نے عیارانہ انداز سے مسکراتے ہوئے صاف گوئی سے کام لیا۔

امیں چند خوش تھا کہ اس نے مالک سے صحیح بات اُگلوا لی لیکن اسے یہ خوشی مہنگی پڑی۔ دوسرے ہی دن ملازمت سے جواب مل گیا۔ اس کے پاس دو چار سو روپیہ جمع تھا۔ کچھ روپیہ اس نے بیوی کے زیور بیچ کر فراہم کیا اور یہ ہفتہ وار اخبار جاری کر دیا جس کا نام 'پیغام' تھا۔ اس کا خیال تھا کہ اگر وہ محنت اور مستعدی سے کام کرے گا۔ لوگوں کی بھلائی کو مدنظر رکھتے ہوئے ظلم اور بے انصافی کے خلاف آواز بلند کرتا رہے گا۔ تو اس کی آواز میں قوت پیدا ہو جائے گی۔ اور اخبار چل نکلے گا، دنیا میں کسی کی اجارہ داری نہیں چلتی جتنا دوست اور دشمن کو پہچانتی ہے اس میں کھرے اور کھوٹے کی پرکھ کا جوہر موجود ہے۔ اس کا اعتماد حاصل کرنے کے لیے خلوص اور استقلال کی

ضرورت ہے۔

وہ اسی اعتماد کے ساتھ کام کر رہا تھا۔ اخبار کو مفید اور دلچسپ بنانے کے لیے کوئی کسر — اُٹھا نہیں رکھتا تھا۔ لیکن آٹھ دس سال کی دوڑ دھوپ اور سخت محنت کے باوجود اخبار کسی ڈھرے پر نہیں بیٹھا تھا۔ مشکل سے ہزار بارہ سو چھپتا تھا۔ کبھی تمام بک جاتا — اور کبھی ڈیڑھ دو سو بچ رہتا — اس کے مضامین جامع اور معلومات سے پُر ہوتے تھے۔ جرأت، دلیری اور صاف گوئی میں بھی اس کا اخبار باقی سب اخباروں سے بازی لے گیا تھا۔ پھر بھی نہ اخبار مقبول ہوتا تھا نہ اشاعت بڑھتی تھی اور نہ لوگ اسے عزت اور احترام سے دیکھتے تھے۔ اُلٹا تحقیر برداشت کرنی پڑتی تھی۔ اس سرد مہری اور بے التفاتی پر اس کا دل جل اُٹھتا — اور یوں محسوس ہوتا — کہ وہ اور اس کا اخبار راہگذر پر پڑے ہوئے بیکار چیتھڑے ہیں۔ ہزاروں راہی پاس سے گذر جاتے ہیں کوئی اس طرف متوجہ ہونے کی بھی ضرورت محسوس نہیں کرتا۔ اس سے کہیں بہتر تھا کہ وہ اس روزانہ اخبار سے چپٹا رہتا۔ جس طرح مالک کہتا اسی طرح کرتا۔ اور بھی تو سینکڑوں آدمی مالکوں کی مرضی کے مطابق اخباروں میں کام کرتے ہیں۔ وہ بھی قابل اور خوددار ہیں۔ اور بلاشبہ بھلے آدمی ہیں۔ لیکن حالات سے مجبور ہیں اور صاف کہتے ہیں۔" جرنلزم ہمارا پیشہ ہے۔ جو اچھی تنخواہ دے وہ کام کروا لے اور جو چاہے لکھوا لے۔ ضمیر کو اس میں ذرا بھی دخل نہیں ہمیں تو پیٹ بھرنا ہے۔"

پیٹ بھرنے کا فلسفہ اتنی ٹھوس حقیقت ہے کہ کوئی بھی شخص اس سے انکار نہیں کر سکتا۔ انکار امیں چند کو بھی نہیں تھا۔ وہ صرف اس کے وجود کو نظر انداز کر کے گذر جانا چاہتا تھا اور جس کا خمیازہ وہ بھگت رہا تھا اور اسی لیے وہ سنکی، دیوانہ، جھوٹا اور بے ایمان کہلاتا تھا۔ اس کے دل میں امنگیں اور آرزوئیں تھیں، حسرتیں اور ارمان تھے، وہ کب پورے ہوں گے۔ ایسا دن قریب آتا دکھائی نہیں دیتا تھا۔ اسے اپنے سے زیادہ اپنی

بیوی مایا پر ترس آتا تھا جو اس کے لیے مجسم ایثار بنی ہوئی تھی جس نے نہ صرف اپنے زیور اُتار کر دے دیئے تھے بلکہ کپڑے تک سے محروم رہتی تھی۔ وہ امیں چند کے اُتارے ہوئے قمیص اور دھوتیاں سی دھو کر اور پیوند لگا کر گزارہ کرتی تھی۔ اسے کبھی تیج تہوار پر بھی نئی ساڑھی اور نیا جمپر پہننے کی مسرت حاصل نہیں ہوئی تھی۔

سماج میں محض لنگوٹ باندھ کر تو جیا نہیں جاتا اور امیں چند لنگوٹ باندھ کر جینے کا قائل بھی نہیں تھا۔ آدمی اگر مہاتما گاندھی نہ ہو تو دنیا اس کی اس بے چارگی کا مذاق اُڑاتی ہے۔ آخر میں اس سے لنگوٹ بھی چھین لیتی ہے۔ اور اسے ننگا، ننگا، الف ننگا کر کے اس کی بے بسی کا مظاہرہ کرتی ہے۔ لوگ جب اُس سے اپنا ادھار مانگتے تھے اور وعدہ پورا نہ کرنے کے باعث اسے جھوٹا اور بے ایمان کہتے تھے تو امیں چند کو اپنے ننگے ہو جانے کا احساس ہوتا تھا اور وہ لنگوٹ کو دونوں ہاتھوں سے مضبوطی کے ساتھ تھام لیتا تھا۔

امیں چند نے ایک مرتبہ جی کڑا کر کے پندرہ روپے خرچ کیے تھے اور وہ ایک پلنگ خرید لایا تھا۔ اسے دیکھ کر مایا بہت خوش ہوئی تھی۔ اور اس نے پلنگ پر وہ چادر بچھا دی تھی جس پر اس نے کشیدہ کاری کی تھی۔ ریشم سے بیل بوٹے کاڑھے تھے۔ اس سے کمرہ کچھ سج گیا تھا۔ بھرا بھرا نظر آتا تھا۔ امیں چند دو چار کرسیاں اور ایک صوفہ سیٹ خریدنا چاہتا تھا تا کہ کمرہ اور بھی بھر جائے، سجا سجا اور خوشنما سا دکھائی دے۔ وہ زندگی کو خوشحال اور حسین بنانے کا متمنی تھا لیکن زندگی کی ضرورتیں تمنا کرنے سے تو پوری نہیں ہو جاتیں۔ ہاں روح کی بے چینی کا باعث ضرور بن جاتی ہیں اور یہ بے چینی ہی زندگی کو متحرک رکھتی ہے، انسان میں جہد اور عمل کا جذبہ پیدا کرتی ہے۔

امیں چند بھی اخبار کی اشاعت بڑھانے اور اپنی آمدنی میں اضافہ کرنے کے طریقے سوچا کرتا تھا اور انہیں عمل میں لانے کے لیے دن رات محنت کرتا تھا۔ مشہور

ادیبوں اور سیاستدانوں کے مضامین تو وہ اخبار میں پہلے ہی خوب چھاپتا تھا اور دوسری زبانوں سے ترجمہ بھی کرتا تھا۔ اب اس نے ایک نئی جدت کا اضافہ کیا کہ اس نے اپنے اخبار میں غیر معروف محنت کش لوگوں کے انٹرویو چھاپنا شروع کیے۔ اگر ایک ہفتہ فٹ پاتھ پر بیٹھ کر جوتے گانٹھنے والے موچی مولا کا انٹرویو چھپا ہے تو دوسرے ہفتہ رکشا پلر رچھپال کا اور تیسرے ہفتہ ریڑھی والے منگت رائے کا۔ یہ انٹرویو بڑے بڑے لیڈروں، سیاستدانوں اور راجوں مہاراجوں کے انٹرویو سے بالکل مختلف ہوتے تھے۔ ان میں ستیہ، اہنسا، کوریا کی جنگ اور مصر کی بغاوت کا بالکل ذکر نہیں ہوتا تھا ان میں زندگی کی سیدھی سادی باتیں جینے کے لیے روز مرہ کی جدوجہد، قلیل آمدنی، مہنگائی، فاقے اور بیماریاں بیان کی جاتی تھیں۔ امیں چند اپنی طرف سے نمک مرچ لگانے کی بھی کوشش نہیں کرتا تھا۔ خود انٹرویو دینے والے کی زبان میں اس کے سکھ دکھ اور رنج وغم کو پیش کر دیتا تھا۔ اس میں اور کچھ نہ ہو تجربہ کی سچائی، اپنے اصلی روپ میں موجود رہتی تھی۔ تجربہ ہی ادب اور صحافت کی جان ہے۔

لیکن اب بھی کامیابی حاصل نہ ہوئی۔ کچھ اہلِ نظر اور سنجیدہ اصحاب نے یا دو چار کمیونسٹ لیڈروں نے ان انٹرویو کو ضرور پسند کیا اور اسے تعریفی خط لکھے۔ اس کے صداقتِ بیاں اور جدت کی جی کھول کر داد دی لیکن داد، دال اور روٹی کا کام نہیں دیتی۔ اس سے تھوڑی دیر کے لیے روح آسودہ ہوتی ہے پیٹ نہیں بھرتا۔

امیں چند چاہتا تھا کہ اخبار کی اشاعت میں اضافہ ہو، اشتہار ملیں، کاروبار ترقی کرے اور اسے روز روز کے تقاضوں اور بے ایمان کہنے والوں سے نجات حاصل ہو۔ ان انٹرویو سے اس کی یہ خواہش پوری نہ ہوئی۔ اگر وہ پرائم منسٹر یا راشٹر پتی کے انٹرویو ہوتے تو یقیناً اخبار کی قدر و منزلت بڑھ جاتی۔ لیکن مولا موچی اور منگت رائے ریڑھی والے کو کون پوچھتا — انہیں اس سماج میں ایک بھکاری سے زیادہ اہمیت حاصل نہیں

ہے۔

پھر آمدنی بڑھانے کی ایک دوسری سبیل ذہن میں آئی۔ ایس چند دیکھتا تھا کہ بازار میں فحش لٹریچر کی بھرمار ہے۔ نوجوانوں کے خیالات کو پراگندہ کرنے اور اخلاق کو بگاڑنے والے جنسی ناول اور افسانے دھڑا دھڑ چھپتے اور بکتے ہیں۔ اس نے سوچا کہ میں صحت مند منتخب افسانوں کے مجموعے اور ترقی پسند سیاسی کتابیں شائع کروں۔ ان سے نوجوانوں کا شعور سنورے گا۔ ان کے کردار میں استحکام پیدا ہوگا۔ اور یوں قومی زندگی آگے بڑھے گی۔ اخبار کی اشاعت نہیں بڑھتی تو اس سے کم از کم کتابوں کا اشتہار تو ہو جایا کرے گا۔ آمدنی کی یہ بلاواسطہ صورت نکل آئے گی۔

اس نے جھٹ جوڑ توڑ شروع کیا۔ کہیں سے کتابت کروائی۔ کہیں سے کاغذ اُدھار لیا اور کسی پریس والے کو ہاتھ پر چڑھایا اور جھٹ منتخب افسانوں کی ایک کتاب شائع کر دی۔ اس کا خیال تھا کہ کتاب دو چار ماہ میں بک جائے گی اور تمام بل ادا ہو جائیں گے اور جو منافع ہوگا اس سے دوسری کتاب چھاپنے میں سہولت ہوگی۔ اس طرح درجن ڈیڑھ درجن کتابیں چل نکلیں تو ڈیڑھ دو سو روپے مہینے آمدنی ہو جائے گی اور خرچ چل نکلے گا۔

افسانے یقیناً فن اور مواد دونوں اعتبار سے بہتر اور ترقی پسند تھے اس نے ذاتی اثر ورسوخ اور منہ ملاخط استعمال کر کے دوسرے اخباروں اور ادبی رسالوں میں ان پر ریویو بھی ٹھاٹھ سے کروائے لیکن اس نے اس کتاب سے جو امیدیں وابستہ رکھی تھیں وہ پوری نہ ہوئیں۔ کاتب، کاغذی اور پریس والے جان کھانے لگے۔ جھوٹا اور بے ایمان کہنے والوں کی تعداد میں اضافہ ہو گیا۔ جن ادیبوں کے افسانے کتاب میں شامل کیے تھے، انہیں معاوضہ دینے کا تو ذکر ہی کیا اجازت تک حاصل نہیں کی تھی۔ کتاب کی ایک جلد تک نہیں بھیجی تھی۔ شاید وہ بھی اسے اپنے من میں بے ایمان سمجھ کر چپ ہو گئے

تھے۔

کتاب کی اس ناکامی کا اُسے بہت صدمہ ہوا— کوئی کام کرنے کو جی نہیں چاہتا تھا اور اپنے دلی دکھ کا اظہار کرتے ہوئے اس نے اپنے ایک دوست سے کہا تھا۔''بیمار کے آگے کتنے ہی لذیذ کھانے پروس کر رکھ دیجئے وہ انہیں چھوئے گا بھی نہیں۔ وہ کیا کرے اس کے اندر بھوک ہی مر چکی ہے۔ ساری قوم ایک بھیانک مرض میں مبتلا ہے۔ صرف وہی لٹریچر پسند کیا جاتا ہے جو اس مرض کو بڑھاتا ہے۔''

وہ کچھ ایسا محسوس کرنے لگا کہ جی چاہتا تھا اخبار بکھبار بند کر کے کوئی دوسرا دھندا شروع کرے۔ کہیں نوکری ڈھونڈے، نوکری نہ ملے تو آلو چنے کا خوانچہ لگائے۔ یوں خون سکھانے سے تو بہتر ہے۔ اس سے کم از کم روٹی تو میسر آئے گی۔

شرابی سو بار توبہ کر کے بھی شام ہوتے ہی پھر شراب خانہ کا رخ کرتا ہے۔ ایک بار جو لت لگ گئی ہے اسے چھوڑ نہیں سکتا۔ امیں چند کو بھی اخبار نکالنے کی لت لگ چکی تھی۔ وہ پھر پوری تندہی سے اپنے کام میں منہمک ہو گیا کہیں ہڑتال ہو۔ کسانوں پر لاٹھی چارج ہو۔ کسی جگہ قحط پڑے وہ موقع پر پہنچ کر صحیح خبر لاتا۔ خبر کے علاوہ ہڑتالی مزدوروں زخمی کسانوں اور قحط زدہ بھوکے لوگوں کی تصویریں چھاپتا۔ بلاک میکر اور پریس والے مہینوں جوتیاں چٹخاتے پیچھے پیچھے پھرتے۔ جھوٹا اور بے ایمان کہنے کے علاوہ سو سو طرح کی صلواتیں سناتے مگر وہ کسی دوسرے پریس والے کو جھانسا دے کر یا منت سماجت کر کے پھر تصویریں اور خبریں چھاپتا اور پھر انہیں پیسوں کے لیے مہینوں پریشان کرتا۔ ایک مرتبہ جب ایک پریس والے نے دیکھا کہ اسے کتنا ہی سخت سست کہہ لو کتنی ہی گالیاں دے لو۔ اسے ایک نہیں لگتی تو اس نے غصہ تھوک کر نہایت سنجیدگی اور ملائمت سے مشورہ دیا۔

''آخر تمہیں اس جھوٹ، فریب اور بے ایمانی کی زندگی سے کیا حاصل ہوتا

ہے۔خود بھی پریشان ہوتے ہو اور دوسروں کو بھی پریشان کرتے ہو۔کیوں نہیں کوئی دوسرا کام کر لیتے ؟"

"جھوٹ اور سچ کیا ہے میں خوب سمجھتا ہوں۔ امیں چند جو تلخی اور غصہ چپ چاپ برداشت کر لیتا تھا یہ ملائمت اور یہ مشورہ برداشت نہ کر سکا۔ جب اصل شخصیت پر چوٹ پڑتی ہے تو انسان اس کی ضرور حفاظت کرتا ہے۔ امیں چند کو بھی تحفظ کے اسی جذبہ نے چوکنا کر دیا تھا۔ اس نے مزید کہا جو آدمی دس لاکھ کی بے ایمانی کر کے دس ہزار چندہ میں دے دے یا مندر بنوا دے، جو آدمی تھیلی اُٹھا کر اندر رکھ لے لیکن سڑک پر سے پیسہ مل جائے تو چوراہے پر کھڑا ہو کر ڈھنڈورا پیٹ دے۔ جو شخص انقلاب کو دشمن کے ہاتھ بیچ کر کھا جائے لیکن رات کو احتلام ہو تو صبح اخبار میں اعلان کر دے، اس سماج میں وہ سچا، ایماندار اور مہاتما ہے اور جو شخص کسی مجبوری سے وقت پر دس پیسے ادا نہ کر سکے تو وہ جھوٹا اور بے ایمان ہے۔تم سمجھ بھی نہیں سکتے کہ میں جو پاپڑ بیل رہا ہوں۔ وہ صرف اس لیے کہ اس سے ایک بہت بڑی سچائی کی خدمت ہوتی ہے۔"

پریس والے کی بیوپاری بدھی واقعی اس سچائی کو سمجھنے سے قاصر تھی لیکن جس طرح ایک بار کرشن نے جشودھا کر اپنا وراٹ روپ دکھا کر اپنے اوتار ہونے کا یقین دلایا تھا۔ اسی طرح امیں چند نے اسے اپنا اصلی روپ دکھا دیا اور وہ اس سے مرعوب ہوئے بغیر نہ رہ سکا۔ پھر بھی خجالت مٹانے کے لیے بولا۔"ہم تو تمہاری سچائی تب جانیں گے۔ جب دنیا اسے مانے گی۔کیا تمہارا خیال ہے کہ دنیا اسے مانے گی؟"

"ہاں مانے گی ضرور مانے گی۔ دنیا کو کسی سے بیر نہیں ہوتا۔"

تھوڑے ہی دنوں میں راشن سستا دو۔ کی تحریک چلی۔ امیں چند کا اخبار اس کا ترجمان بن گیا۔ ویسے تو سبھی اخبار اناج کے سلسلے میں جو سرکاری امداد ملتی تھی اسے بند کرنے کے خلاف تھے۔ لیکن اس میں سرکاری اشتہار چھپتے تھے۔ انہیں وزیروں

اور حاکموں کا لحاظ تھا۔ اخبار مالکوں اور کانگریس نیتاؤں میں ملی بھگت تھی وہ صرف اپنے اخباروں کو جنتا میں مقبول بنائے رکھنے کے لیے تحریک کی خبریں چھاپتے تھے اور دبی زبان سے اس کی حمایت بھی کرتے تھے۔ مگر جس جرأت اور بے باکی کے ساتھ امیں چند اس تحریک کا ساتھ دے رہا تھا وہ صرف اسی کا حصہ تھا۔ سرکار نے اس بہانے امداد بند کی تھی کہ اسے اپنی پانچ سالہ سکیم کو عملی جامہ پہنانے کے لیے روپیہ درکار ہے۔ اور اسے مختلف پروجیکٹ مکمل کرنے ہیں۔ امیں چند نے لکھا۔ کہ" ایک تو روز بروز وزیروں کی تعداد میں اضافہ ہو رہا ہے اور امریکی ایکسپرٹوں اور انجینئروں پر لاکھوں کروڑوں صرف ہو رہے ہیں اور دوسری طرف عوام کے منہ سے روٹی تک چھینی جا رہی ہے۔ سرکار کے پاس—— بچت کی اور ہزاروں مدیں ہیں۔ نزلہ ہمیشہ غریب عوام پر ہی کیوں گرتا ہے؟ وہ پہلے ہی بے کاری اور مہنگائی سے پس رہے ہیں۔ دھرتی پر سورگ اور رام راج کی باتیں بہت سن چکے کون جانے کہ پروجیکٹ کبھی مکمل ہوں گے بھی یا نہیں اکیلے دامودر ویلی پروجیکٹ پر اکروڑ روپے ضائع ہو گیا۔ اور وہ بھی صرف نقشے بنانے اور بگاڑنے پر۔ اگر یہی حالت رہی تو آئندہ پانچ سال میں دیس کا دیوالہ پٹ جائے گا اور اناج کی قیمت تو اس وقت تک ڈور نہ ہوگی جب تک زمینداری ختم کر کے زمین کسانوں میں نہ بانٹ دی جائے۔"

"پیام" کے یہ مضامین پریس ایکٹ کی زد میں آ گئے۔ جب نظام سیاست خون چوسنے پر قائم ہو تو اخبار نویسی کا مطلب صداقت کا اظہار کرنا نہیں بلکہ صداقت کی پردہ پوشی کرنا ہوتا ہے۔ چونکہ امیں چند نے صداقت کے اظہار کی جرأت کی تھی اس لیے وہ قانون کی نظر میں ملزم تھا۔ اس پر جھوٹی باتیں لکھنے اور عوام کو سرکار کے خلاف مشتعل کرنے کا الزام لگا اور اسے گرفتار کر لیا گیا۔

سستا راشن حاصل کرنے کی تحریک روز بروز زور پکڑتی گئی امیں چند کا مقدمہ اخبار کی بہ نسبت تحریک کے لیے کہیں زیادہ مفید ثابت ہوا۔ جس روز مقدمہ کی سماعت

ہوتی، کمرہ عدالت شہر کے لوگوں سے کھچا کھچ بھر جاتا۔ ایس چند کے چہرے پر گھبراہٹ کا نام تک نہیں تھا۔ وہ کھڑا مسکرایا کرتا اور اپنے مضامین کے ایک ایک حرف کو صحیح ثابت کرنے کے لیے اعداد وشمار پیش کرتا اور سرکار کی قلعی کھولتا۔ اس سے لوگوں کو جوش اور بڑھتا۔ ان حالات میں سرکار نے مقدمہ کو طول دینا مناسب نہیں سمجھا۔ جلدی جلدی کاغذی کارروائی کر کے چھ ماہ قید یا دو ہزار روپیہ جرمانہ کی سزا سنا دی۔

ایس چند جیل جانے کو تیار تھا لیکن آن کی آن میں چندہ جمع ہوا اور لوگوں نے دو ہزار روپیہ جرمانہ ادا کر دیا۔ جب وہ رہا ہو کر چلا تو اس کا شاندار جلوس نکلا۔

لوگ اپنے ہیرو کو پُر احترام نظروں سے دیکھ رہے تھے اور ایک دوسرے سے کہہ رہے تھے۔

یہ بالکل سچا اور کھرا آدمی ہے۔ اس نے ہمیشہ عوام کا ساتھ دیا ہے۔

ایس چند کی چھاتی گز بھر کی ہوگئی۔ جنتا سے یہ بردان پانے کے لیے ہی تو وہ اتنے دنوں سے تپسیا کر رہا تھا۔

●●●

تحریک

فضل دین نے بیٹھے بیٹھے انگڑائی لی اور اِدھر اُدھر دیکھ کر سامنے پڑی ہوئی مٹی کی ڈلی کو دیکھنے لگا۔ مٹی ہی کی ڈلی تھی یہ شاید۔ شاید کا لفظ اس کے ذہن کے کسی نامعلوم گوشے میں چپکا ہوا تھا اور اسے یوں کھٹک رہا تھا جس طرح کسی کی آنکھ میں معمولی، بہت ہی معمولی سا تنکا پڑا ہو جو درد کا باعث بھی نہ ہو اور وہاں اس کی گنجائش بھی نہ ہو۔ آنکھ ذرا مل دی اور بس۔ وہ بھی تو اس ڈلی کی طرف دیکھ کر سوچ لیتا تھا۔ مٹی ہی تو ہے۔ ٹھوس، ساکن اور جامد لیکن اس کا رنگ مٹی کا نہیں، مٹی جیسا ہے۔ رنگ کا تصور شاید کو پھر نمایاں کر دیتا تھا۔ اس مرتبہ اس نے ایک کنکر اُٹھایا، شست باندھی لیکن نشانہ چوک گیا۔ اب وہ حیران تھا کہ فوجی کا نشانہ چوک کیوں گیا۔ اس نے بڑے بڑے معرکے سر کیے تھے۔ وہ برما کے محاذ پر لڑتا رہا۔ اس نے جاپانیوں کو بھاگتے دیکھا تھا۔ دشمن اس کی گولیوں کی بوچھار سے پناہ مانگتے تھے۔ اس کے خطا نہ ہونے والے نشانوں کی داد چینی سپاہی بھی دیتے تھے۔

چینی سپاہی! کتنے اچھے تھے وہ کس قدر ہمدردی سے پیش آتے تھے، اس کے ساتھ ان میں سے ایک اس کا گہرا ساتھی بھی بن گیا تھا۔ اس کا نام تھا کچھ چن من ٹن سا، اب یاد نہیں آتا۔ لیکن اس کی صورت آنکھوں میں گھوم رہی تھی۔ چپٹی ناک چھوٹی چھوٹی آنکھیں اور گالوں کی ہڈیاں اُبھری ہوئیں۔ درمیانہ قد، سڈول جسم، کتنا ہنس مکھ

تھا وہ سبھی چینی بڑے ہنس مکھ اور زندہ دل تھے معمولی معمولی بات پر ہنستے تھے۔ کسی جاپانی کو ہلاک کر کے یہ ہنسی قہقہوں میں تبدیل ہو جاتی تھی۔ جسم کا ہر عضو خوشی کے مارے اُچھلنے لگتا تھا۔ ہر ایک چینی سپاہی جاپانی خون کا پیاسا تھا۔ وہ اس قدر جان توڑ کر لڑ رہا تھا جیسے لڑنا اس کی فطرت ہو اور وہ لڑنے کے لیے ہی پیدا ہوا ہو۔ خلوص بہادری اور جان نثاری کا پتلا۔ ایک مرتبہ فضل دین نے چن من سے جو اس کی زبان سمجھ اور بول سکتا تھا، کہا تھا: ''مجھے چینی سپاہیوں کی چستی اور مستعدی اور کہیں نظر نہیں آتی۔''

''اس کی ایک وجہ ہے۔'' چن نے جواب دیا تھا۔

''کیا تمہیں تنخواہ زیادہ ملتی ہے؟''

''......تنخواہ نہیں دوست!'' چن اس طرح ہنس دیا تھا جس طرح کوئی بزرگ ایک بچے کی بات پر ہنس رہا ہو۔ چینی سپاہی اپنے دیس کی آزادی کے لیے لڑ رہے ہیں۔

یہ الفاظ فضل دین کے دل کی گہرائیوں میں اُتر گئے۔ اس کے احساس پر چوٹ لگی۔ رگِ حمیت پھڑک اٹھی۔ قومی غیرت بیدار ہو گئی۔ اسے اپنے سوال پر ندامت محسوس ہوئی۔ ہم ہندستانی تنخواہ کے لیے لڑ رہے ہیں۔ ہم آزاد نہیں ہیں۔ تبھی تو یہ گورے اور کالے کا امتیاز ہے۔ انہیں تنخواہ اچھی ملتی ہے، خوراک اور پوشاک اچھی ملتی ہے۔ وہ لڑنے میں اُن سے پیچھے رہتے ہیں مگر افسر بنا دیئے جاتے ہیں۔ کیوں؟ کیونکہ وہ آزاد ہیں۔

گورے سپاہیوں کا سلوک اور ان کی بہت سی باتیں فضل دین کے ذہن میں کانٹوں کی طرح کھٹکنے لگیں۔ اُن میں اور اس میں کوئی بھی بات مشترک نہیں تھی۔ وہ یوں بے اعتنائی سے اس کی طرف دیکھتے تھے جیسے وہ کوئی چیز ہی نہ ہو۔ چیونٹی اور تنکے

سے بھی حقیر، ایک مرتبہ اُسے امریکن سپاہیوں کے ساتھ سفر کرنے کا موقع ملا تھا۔ جتنی تنخواہ اُسے مہینہ بھر میں ملتی تھی، انہوں نے اسی قدر رقم دو دن میں چائے اور کھانے میں اُڑادی تھی۔ ہر وقت 'بوآئے' 'بوآئے' پکارتے تھے۔ کھاتے تھے اور اور ڈکارتے تھے، تبھی تو ان کی گالوں پر سرخی ہے، جسم پر گوشت کی موٹی موٹی تہیں چڑھی ہیں، اور وہ؟ وہ بھی تو اچھی تنخواہ، اچھی خوراک اور کپڑا مفت، ایسی باتیں سن کر فوج میں بھرتی ہوا تھا۔ اس وقت ان الفاظ کا حسن ایک دم ماند پڑ گیا تھا۔ اس کی آنکھوں میں بھیانک دیو ناچ رہے تھے۔ کیا وہ تنخواہ واقعی اچھی تھی؟ دو دن کی چائے اور ایک ماہ کا خون پسینہ ایک مول ایک تول...... یہ تقابل کتنا بھیانک تھا۔ وہ کڑوے گھونٹ پی کر رہ گیا۔ پھر چینی سپاہی کے الفاظ۔ ''تنخواہ نہیں دوست ہم اپنے دیس کی آزادی کے لیے لڑ رہے ہیں۔''

اور پھر اس تنخواہ سے بھی کیا بن گیا تھا؟ اُس کی اپنی بھوک مٹی تھی نہ گھر والوں کی، وہ چالیس روپے مہینہ گھر بھیجتا تھا۔ بوڑھے ماں باپ تین بہنیں اور دو ننھے بھائی۔ کیا بنتا تھا چالیس روپے میں۔ لوگوں کی زمینوں میں ہزاروں من غلہ پیدا ہوا۔ اناج کے نرخ بڑھے جن کے پاس وافر زمینیں تھیں انہوں نے وافر اناج اگایا اور مالدار بن گئے۔ لیکن...... لیکن ان کی زمین؟ زمیندار نے ان کی زمین بہت پہلے ہتھیالی تھی۔ صرف ان ہی کی کیوں، کتنے ہی لوگوں کی زمینیں زمیندار کے قبضے میں چلی گئی تھیں۔ لوگ دبلے پتلے ہوتے چلے گئے تھے۔ زمیندار پھولتا چلا گیا تھا۔ ڈیڑھ سو بیگھے میں صرف پانچ بیگھے زمین ان کے پاس رہ گئی تھی۔ یہ سب زمین زمیندار کے پاس چلی گئی؟ آج فضل دین کے دماغ میں یہ سوال آپ ہی آپ اُٹھ رہا تھا۔ لیکن پہلے ایسا کبھی نہیں ہوا تھا۔ اس نے پہلے اس مسئلے پر کبھی نہیں سوچا تھا۔ وہ سوچ نہیں سکتا تھا۔ یہ

تو ایک اٹل نیم تھا دن اور رات کی طرح ہمیشہ ایسا ہوتا رہا ہے اور ہوتا رہے گا۔ لیکن اب......اب اس پر ایک حقیقت کا انکشاف ہو چکا تھا اور یہ حقیقت بہت ہی بھیانک تھی۔

وہ چار سال کے بعد گاؤں لوٹا تھا۔ اپنے کئی ساتھی اور اپنے اندر کی بہت سی پرانی باتیں میدان جنگ میں چھوڑ آیا تھا۔ اب وہ فضلا نہیں تھا۔ دو چار بڑے بوڑھوں اور دو ایک لنگوٹیے یاروں کے سوا کوئی فضلا نہیں کہتا تھا۔ سب فضل دین کہتے تھے۔ اس کے لیے گاؤں بدل گیا تھا۔ اگر چہ کھیت وہی تھے، درخت وہی تھے، انہیں دیکھنے کا انداز بدل گیا تھا۔ اس نے جنگ سے لوٹنے کے بعد جب پہلے دن ہل کی ہتھی ہاتھ میں لی تھی تو جہاں اس کا پانچ بیگھے کا کھیت ختم ہوتا ہے وہاں رکنے کو اس کا جی نہیں چاہا تھا۔ وہ چاہتا تھا کہ لمبی آڑ کھینچے جتنا کھیت وہ جوت سکتا تھا۔ اتنا اس کے پاس ہو۔ لیکن آگے زمیندار کی حد تھی۔ یہ حد کیوں تھی؟ یہ حد کیا ہے؟ پہلے اس کھیت کی حد بہت پرے تھی۔ یہ سکڑ کر قریب کیوں آگئی؟ اب پھر پھیل کر دور تک جا سکتی ہے، اس کی نظر میں حدود کا تصور مٹ چکا تھا۔

پہلے وہ اپنے کھیت پر سخت محنت کرتا تھا۔ اناج پیدا ہو نہ ہو۔ ہر فصل کا لگان چکاتا تھا۔ یہ بھی نہیں سوچتا تھا کہ یہ لگان کیوں لیا جاتا ہے؟ اور کہاں جاتا ہے؟ اسے سوچنے کی ضرورت ہی نہیں تھی۔ محنت کرتا اور پیٹ بھرنا اس کا کام تھا اپنے کھیت سے گزارہ نہ ہوتے دیکھ کر وہ دوسروں کی چاکری کرتا تھا۔ جو کچھ مل جاتا اسی پر اکتفا کرتا تھا۔ قسمت کا لکھا سمجھ کر صبر کر لیتا تھا۔ لیکن اب......اب اُس کی بھوک اتنی بڑھ گئی ہے کہ قسمت کو بھی نگل سکتی ہے۔ صبر کا لفظ زندگی سے خارج ہو چکا ہے۔ اسے اپنا حصہ چاہیے، حق چاہیے، وہ جتنا بھی اس بات پر سوچتا ہے۔ اس کی بھوک زیادہ ہوتی جاتی

ہے۔ خلاء بڑھ رہا ہے۔ اس خلا کو پر کرنے کے لیے زبردست آندھی...... زبردست طوفان درکار ہے۔

ہوائی جہازوں کی گونج، توپوں کی دھائیں دھائیں اور بموں کے دھماکوں نے اس کے دل کا سکون چھین لیا۔ جمود کی موٹی تہہ کو توڑ دیا۔ اب اس کے اندر ہل چل مچی ہے۔ اضطراب ہے، بے چینی ہے۔ روز بروز تلخیاں بڑھتی جارہی ہیں۔ میدان جنگ میں اسے صرف غیروں سے گلہ تھا۔ گوروں سے امتیازی سلوک کیوں روا رکھا جاتا ہے؟ امریکن سپاہیوں کو تنخواہ زیادہ کیوں ملتی ہے؟ لیکن جب جنگ سے لوٹ کر آیا تو اسے اپنوں سے بھی گلہ پیدا ہو گیا۔ گاؤں کے ذیلدار کا لڑکا عبدالشکور اس کے ساتھ ہی جنگ میں بھرتی ہوا۔ اس کے ساتھ ہی لڑتا رہا اور اس کے ساتھ ہی لوٹ کر آیا۔ ان دونوں کے کاغذوں پر لکھا تھا کہ انہیں دوسری جگہ کام مل جائے گا اور ڈسچارج کرنے والے افسر نے کام دلانے والے دفتر کا پتہ بھی بتایا تھا۔ وہ سڑکوں کی خاک چھان کر دفتر کے افسر سے لڑ جھگڑ کر چلا آیا تھا۔ کسی نے اس کی ایک نہ سنی تھی۔ لیکن عبدالشکور پولس میں بھرتی کر لیا گیا تھا۔ کہتے ہیں کچھ دنوں میں تھانیدار بن جائے گا۔ وہ لڑنے میں اس سے اچھا نہیں تھا جسم اور صحت میں بھی اچھا نہیں تھا، پھر اس کے ساتھ رعایت کیوں؟ وہ ذیلدار کا لڑکا ہے۔ انہیں افسروں تک رسائی حاصل ہے۔ اس کے لیے بڑے وزیر کی سفارش حاصل کی گئی ہے یہ وزیر اور ذیلدار اس کی راہ کے کانٹے ہیں۔ ورنہ شکور جیسا مریل آدمی اس کے مقابلہ میں ہیڈ کانسٹیبل کیسے بن جاتا۔

اور وہ یہیں بیٹھا ہے۔ اپنے کھیت میں جس کی حدود اس قدر تنگ ہوگئی ہیں کہ اس کہ ہستی کا پھیلاؤ اس کے اندر کا خلاء اب اس میں سما نہیں سکتا۔ اس میں اتنا اناج پیدا نہیں ہوتا کہ اس کی اور اس کے کنبے کی گزران ہو سکے۔ کیا یہ سکڑی ہوئی

حدیں پھر سے پھیل نہیں سکتیں؟ اس کی نگاہیں شیشم کے ایک بڑے درخت پر جا کر اٹک گئیں۔ یہ درخت بہت پرانا تھا۔ شاید اس کے دادا نے لگایا تھا۔ اس کی جڑیں کھوکھلی ہو گئی تھیں۔ ٹہنیوں کو خوراک خاطر خواہ نہیں پہنچتی تھی۔ اس نے جنگ سے لوٹ کر باپ سے کہا تھا کہ اب اسے گرادیا جائے تو لکڑی کام میں آئے گی اور اس کی جگہ دوسرا درخت لگ سکے گا۔ لیکن باپ کو اس درخت سے پیار تھا۔ اس نے اس کے ٹھنڈے سائے میں جوانی کے دن گزارے تھے۔ اس لیے کہہ دیا...... ''نہ رہنے دو بیٹا بزرگوں کی یادگار رہے۔ کبھی آپ ہی گر جائے گا۔''

اسکے قریب ایک دوسرا درخت تھا۔ جب وہ جنگ میں بھرتی ہو کر گیا تھا تو وہ ابھی پودا ہی تھا۔ لیکن اب وہ اچھا خاصا درخت بن گیا تھا۔ اس کی شاخیں پورب پچھم، اُتر، دکن ہر طرف پھیل گئی تھیں۔ اس کی پتلی پتلی ٹہنیوں پر نرم و نازک ہرے ہرے پتے بہت ہی بھلے معلوم ہوتے تھے۔ فضل دین اس درخت کی طرف غور سے دیکھنے لگا۔ اس کے ہونٹوں پر مسکراہٹ دوڑ گئی اور چہرہ ایک نوزاد کونپل کی طرح ملائم ہو گیا جیسے وہ کوئی اچھوتی اور بڑی بات سوچ رہا ہو۔ ہاں وہ سوچ رہا تھا۔

اس خیال اور اس کی اپنی شخصیت میں ایک چیز ہم آہنگ تھی۔ ورنہ ایک انسان ایک درخت کے ارتقاء پر اس قدر خوش کبھی نہیں ہو سکتا۔ ارتقا کی عظمت اس کے رگ و پے میں سمائی ہوئی تھی اور یہی عظمت اس کے ہونٹوں پر پھیلی ہوئی مسکراہٹ کا موجب تھی۔

ہاں اس کی اپنی شخصیت میں بہت سی شاخیں پھوٹی تھیں۔ جو پورب، پچھم، دکن کو پھیل رہی تھیں۔ اب وہ برطانیہ، امریکہ، روس، جرمنی اور جاپان بہت سے ملکوں سے واقف تھا۔ میدان جنگ میں ان کی قسمت کو بنتے بگڑتے دیکھ چکا تھا اس کا چینی

دوست چن سن اس کے تصور میں مسکرا اُٹھتا تھا۔ وہ بتایا کرتا تھا کہ اس کا ملک بہت لمبا چوڑا ہے۔ وہاں پچاس کروڑ انسان بستے ہیں۔ یہ جنگ ان کی زندگی اور موت کا سوال ہے۔ اُس کے دیس کے بہت سے حصے پر جاپانیوں نے قبضہ جما لیا ہے۔ وہ اپنا ملک ان سے واپس لیں گے۔ ان کو وہاں سے مار بھگائیں گے اور سچ تو یہ ہے کہ انہوں نے جاپانیوں کو مار بھگایا تھا۔

پھر اس کا اپنا دیس بھی تو گاؤں تک محدود نہیں۔ وہ بھی تو بہت لمبا چوڑا ہے۔ اس میں کتنے میدان ہیں۔ کتنی ندیاں اور کتنے پہاڑ ہیں۔ وہ اس کی سرحدوں کو پار کر کے برما میں گیا تھا۔ پھر اس نے سنا تھا کہ کبھی برما بھی اس دیس کا حصہ تھا اور یہ سرحدیں برما سے پرے تک پھیلی ہوئی تھیں۔ انگریز نے ان سرحدوں کو تنگ کر دیا ہے اور الگ الگ کر کے دونوں دیسوں پر قبضہ جما رکھا ہے۔

فضل دین کو سرحدوں کی تقسیم اور قبضے سے نفرت تھی۔ جرمنی اور جاپان نے دوسرے دیسوں پر قبضہ جما لیا تھا۔ اس لیے تو یہ جنگ لڑی گئی تھی۔ پھر اس کے دیس پر انگریز کا قبضہ کیوں ہے۔ اس نے سن رکھا تھا کہ ملک کی جماعتیں کانگرس اور لیگ اس قبضے کے خلاف لڑ رہی ہیں اور انگریز نے وعدہ کیا تھا کہ جنگ کے بعد یہ قبضہ اُٹھ جائے گا۔ ہمارا دیس ہمیں مل جائے گا۔ ہم آزاد ہوں گے۔ چین کے لوگ جاپان کی شکست پر اپنی آزادی پر کتنا خوش ہوئے تھے۔ جنگ نے اسے اور خواہ کچھ نہ دیا ہو۔ لیکن یہ لفظ۔ یہ آزادی کا خیال ضرور دیا تھا وہ اپنے دیس کی آزادی کے لیے جان تک لڑا دینے کو تیار تھا۔

اس آزادی کی فکر میں وہ ہر روز زمیندار کے لڑکے سے خبریں سن کر آتا تھا۔ وہ پڑھا لکھا تھا شہر سے اخبار منگواتا تھا اور آزادی سے متعلق بہت سی باتیں سنایا کرتا تھا۔

اس نے بتایا تھا کہ انگریزوں نے ہماری آزادی تسلیم کر لی ہے اور تین وزیر برطانیہ سے چل کر ہندستان آئے ہیں۔ تا کہ یہ فیصلہ کیا جائے کہ وہ آزادی کس ڈھنگ سے اور کن لوگوں کے سپرد کریں۔ وہ وزیر تین مہینے ہندستان میں رہے۔ کبھی دہلی اور کبھی شملہ میں میٹنگیں کرتے رہے۔ فضل دین ان کے متعلق سب خبریں شوق سے سنتا جب اسے معلوم ہوا تھا کہ ہمارے لیڈر آپس میں سمجھوتہ نہیں کرتے۔ اس لیے دیر ہو رہی ہے۔ تو اُسے بڑا غصہ آیا تھا۔ آخر امید بندھ گئی تھی۔ زمیندار کے لڑکے نے بتایا تھا کہ آزادی کا مسئلہ طے ہو گیا۔ اب لیگ کی حکومت بنے گی۔ لیکن ایک دن سارا کھیل ختم ہو گیا۔ اخبار والوں نے ان وزیروں کی تصویر بنا کر ان کا مذاق اُڑایا تھا۔ ان کے سامنے ایک پٹاری رکھی تھی۔ اور اِدھر اُدھر دو چار غیر ضروری چیزیں بکھری پڑی تھیں اور نیچے لکھا تھا۔

''تماشا دکھا کر مداری گئے۔''

''تو یہ سب دھوکا ہی تھا؟'' فضل دین نے زمیندار کے لڑکے سے دریافت کیا۔

''دھوکا نہیں تو اور کیا تھا؟''

فضل دین کا دل تلخی سے بھر گیا۔ خیالات کی رو ایک دم رک گئی۔ اس کی نظر پھر اس مٹی کی ڈلی پر جا رکی۔ جس پر زندہ چیز ہونے کا دھوکا ہوتا تھا۔ اب ایک کنکر بھی اس ڈلی کے قریب پڑا تھا۔ یہ اس نے پھینکا تھا۔ مگر اس کا نشانہ چوک گیا تھا۔ لیکن فوجی کا نشانہ چوک کیوں جائے۔ اسے تعجب ہوا اور کسی قدر تکلیف بھی۔ اس نے ایک اور کنکر اٹھایا اور تاک کر اس ڈلی پر مارا۔ نشانہ درست بیٹھا۔ اور وہ ڈلی حرکت میں آ گئی۔ ایک کنکر کی چوٹ سے ڈلی حرکت میں آ گئی وہ چل رہی تھی۔ فضل دین کے اندر ہلچل پیدا ہوئی۔ جیسے اس کے اپنے اندر کوئی چیز تیزی سے چل رہی ہو۔ دراصل وہ مٹی کی ڈلی نہیں تھی۔ گوبریلا تھا۔ ویسے ہی سست پڑا تھا اور اب چل رہا تھا۔ اس کی روح بیدار

ہو چکی تھی۔

اچانک پورب سے زبردست بگولا بڑھتا ہوا آیا اور شیشم کے پرانے درخت سے ٹکرا گیا۔ چٹاخ تڑاخ! جیسے اس کے ٹہنے ٹوٹ رہے ہوں۔ جیسے وہ جڑوں سے اُکھڑ جائے گا۔

فضل دین کو اپنے اندر ایک طوفان اُٹھتا محسوس ہوا۔ طوفان بڑھ رہا تھا۔ خلاء پر ہو رہا تھا۔ اُس نے بہت سے کنکر مٹھی میں لے کر جس سمت بگولا جا رہا تھا۔ اس سمت کو پھینکے اور زور سے کہا۔ ''ہرا''

اس وقت گاؤں سے شور بلند ہوا۔ جیسے گاؤں کی سوئی ہوئی روح جاگ اُٹھی ہو۔ جیسے آزادی کا بگل بج رہا ہو۔ جیسے سب لوگ ایک عظیم کوشش میں لگے ہوں اور بلند آواز سے کہہ رہے ہوں۔

ہم اپنے دیس کے لیے لڑ رہے ہیں۔

●●●

جھوٹ سچ

سدھیر نے جن لوگوں سے تعلقات منقطع کیے تھے، اُن میں نشا بھی شامل تھی۔ نشا جو نوشگفتہ کلی کی مانند خوب صورت اور دلکش تھی۔ اور جس کی دل آویز مسکراہٹوں نے اب تک سدھیر کے فن کو زندگی اور حسن عطا کیا تھا۔ وہ بلاشبہ نشا سے محبت کرتا تھا۔ لیکن اُسے اپنے فن سے نشا سے بھی زیادہ محبت تھی اس لئے اس نے اپنے آپ پر یہ جبر کیا تھا۔ نشا سے تعلقات منقطع کرتے ہوئے اسے بے حد قلق ہوا تھا اور اب وہ اسے یوں بھول جانا چاہتا تھا جیسے وہ اس کی زندگی میں کبھی آئی ہی نہ ہو۔

وہ بھی ہر سچے فن کار کی طرح اپنے فن کا پجاری تھا اور اس پر بڑی آسانی سے نشا کی محبت کو قربان کرسکتا تھا لیکن نشا...... نشا بیچاری کیا کرے؟ اس کا تو محبوب بھی سدھیر تھا اور معبود بھی سدھیر۔ وہ سدھیر اور اس کے فن کی دیوانی تھی۔ وہ اسے روح کی تمام قوت سے محبت کرتی تھی۔ اس نے اپنے دل میں محبت کو عبادت کا درجہ دے رکھا تھا اس لئے سدھیر سے الگ ہوکر اس کی دنیا ہی سونی ہوگئی۔ کھانا پہننا، کسی چیز میں دلچسپی باقی نہیں رہی۔

اُس کے والد صاحب ڈاکٹر ترلوک ناتھ مقامی یونیورسٹی میں سائنس کے پروفیسر تھے۔ انہوں نے اپنی ساری زندگی صداقت کی جستجو میں صرف کی تھی اور قابلیت کے اعتبار سے عالمگیر شہرت کے مالک تھے۔ بیوی جوانی میں چل بسی تھی۔ نشا کی ماں

بھی وہی تھے اور باپ بھی وہی تھے، بیٹی کی تعلیم وتربیت پر خاص دھیان دیا تھا۔ اُسے قابل بنانے میں کوئی کسر اُٹھا نہیں رکھی تھی۔ وہ نشا کو دیکھ کر خوش ہوتے اور دل ہی دل میں اس بات پر فخر محسوس کرتے کہ ان کی بیٹی جس قدر حسین ہے اسی قدر شائستہ اور سنجیدہ بھی ہے۔ جب وہ سدھیر کے ساتھ گھر آتی تو ڈاکٹر ترلوک ان دونوں کو ایک ساتھ دیکھ کر بہت خوش ہوتے کیونکہ وہ سدھیر کے فن اور قابلیت کے مداح تھے۔

نشا کو اگر ایسے نوجوان سے محبت ہے تو اس سے اچھی بات اور کیا ہو سکتی ہے؟

''بیٹی، کیا بات ہے کہ سدھیر اب اِدھر نہیں آتا؟'' ایک دن بیٹی کو اُداس دیکھ کر ڈاکٹر نے پوچھا۔

''انہیں کام سے فرصت نہیں ملتی۔'' نشا نے جواب دیا۔

''تم بھی اب اُدھر نہیں جاتیں''

''مجھے بھی آنے سے منع کر دیا ہے۔''

''منع کر دیا ہے؟'' ڈاکٹر نے حیرت کا اظہار کیا۔

''جی ہاں'' نشا نے جواب دیا اور اُٹھ کر اپنے کمرے میں چلی گئی۔ اس کی آنکھوں میں جو آنسو اُمڈ آئے تھے انہیں روکے رکھنا ممکن نہیں تھا۔

ڈاکٹر ترلوک خاموش ہو گئے۔ سوچا کہ شاید کسی بات پر من مٹاؤ ہو گیا ہو گا، دو چار دن میں آپ ہی مناون ہو جائے گا۔ جب دو دلوں میں سچی محبت ہو تو کسی قسم کی رنجش اور آلائش دیرپا ثابت نہیں ہو سکتی۔

سدھیر چھینی چلاتے، پتھر کو تراشتے تھک گیا تھا۔ اس نے چھینی الگ رکھ کر کمر سیدھی کی اور سامنے ناشپاتی کے پیڑ پر نظر ڈالی جو تازہ اور سفید کلیوں سے لدا ہوا تھا۔ تھکن اس کے ہاتھوں ہی میں نہیں ذہن میں سرایت کر گئی محسوس ہوتی تھی۔ وہ غیر ارادی طور پر کلیوں کی طرف دیکھتا رہا اور پھر آپ ہی آپ بڑ

بڑبڑایا۔"آخری.........ہاں، یہ میری آخری کوشش ہے۔"

اس نے لمبی سانس چھوڑی اور قدرے اطمینان محسوس کیا جیسے اس نے اُن الفاظ کے ذریعہ ذہنی تھکن کی ایک کافی بڑی مقدار باہر نکال دی ہو، واقعی اس کے یہ الفاظ ذہنی کشمکش کی علامت تھے اور کشمکش عارضی اور معمولی نہیں تھی۔ یہ ایک عرصے سے ....کافی لمبے عرصے سے اسے پریشان کر رہی تھی۔ آخر اس نے اچانک ہی غیر شعوری طور پر الفاظ کی صورت اختیار کر لی تھی۔

وہ ساکن وصامت بیٹھا اپنے ان الفاظ پر غور کرتا رہا اور کچھ دیر بعد پھر بڑبڑایا۔"اگر یہ کوشش بھی ناکام رہی تو اس خیال کو یقیناً ہمیشہ ہمیشہ کیلئے ترک کر دوں گا۔"

اس نے "ناکام" لفظ پر خاص زور دیا تھا اور یہی ایک لفظ اس کے کانوں میں گونج رہا تھا اور وہ ایک گونہ تکلیف اور ذہنی کوفت محسوس کر رہا تھا۔

"ناکام .ناکام .فن کار، کیا تو واقعی ناکام رہے گا؟" اس نے خود سے سوال کیا اور پھر ناشپاتی کے پیڑ کی طرف دیکھا جیسے کلیوں کی تازگی کو اپنی روح میں بھر لینا چاہتا ہو۔

وہ کچھ دیر یونہی خاموش بیٹھا کلیوں کو دیکھتا اور لمبی لمبی سانس لیتا رہا طبیعت کو ذرا آسودہ کر کے اس نے پھر چھینی اُٹھائی اور بت بنانے میں مصروف ہو گیا۔ چھینی ایک خاص انداز اور باقاعدگی کے ساتھ اِدھر اُدھر گھوم رہی تھی، اس پر ہتھوڑی کی ہلکی ہلکی ضربیں پڑ رہی تھیں اور پتھر کے ننھے ننھے ذرے ہوا میں اُڑ رہے تھے۔ سدھیر کے چہرے پر رفتہ رفتہ خود محویت اور سنجیدگی کی کیفیت نمایاں ہوئی جیسے باعمل عقیدے نے اس روح کو گرمایا ہو۔ جیسے اس کے اندر سے کچھ جامد اور بوسیدہ عنصر ٹوٹ ٹوٹ کر پتھر کے ذروں کی مانند ہوا میں اُڑ رہا ہو۔ کیف و مسرت کی ایک ہلکی سی مسکراہٹ اس کے ہونٹوں پر نمایاں ہوئی۔ محنت انسان کی پرانی غمگسار ہے۔ وہ نہ صرف اس کی ناکامیوں

کو کامیابیوں میں بدلتی ہے بلکہ اس میں نیا شعور اور نئے خیالات پیدا کرتی اور خود اسے بدلتی ہے۔

سدھیر ایک سنگتراش تھا اسے یہ فن وراثت میں ملا تھا اس کے آبا واجداد کئی پشتوں سے یہی کام کرتے آئے تھے اور انہوں نے اپنی محنت اور فکر و تفکر سے اس فن کی نشوونما کر کے خوب شہرت حاصل کی تھی۔ سدھیر اس روایت کا وارث تھا اور وہ بزرگوں کی شہرت کو لافانی اور ابدی بنا دینا چاہتا تھا۔ اسے اپنی جدت اور ذہانت پر فخر تھا اور ہمیشہ اپنے تجربات اور تصورات کو پتھر میں منتقل کرنے کے لئے مستعد رہتا تھا۔

اب وہ گذشتہ چھ سات سال سے ایک لافانی خیال مجسم کرنے میں منہمک تھا۔ اس کے لئے اسے سخت محنت کرنی پڑ رہی تھی۔ وہ دن رات سوچتا اور چھینی چلاتا رہتا تھا۔ اسے یقین تھا کہ جس خیال کو کوئی آج تک فن کے جامے میں ڈھالنے کی بات تک نہیں سوچ سکا اسے وہ جیتے جاگتے مجسمے میں منتقل کر دے گا۔ دنیا اسے دیکھ کر دنگ رہ جائے گی۔ اس کا یہ مجسمہ ایک دم لاثانی اور غیر معمولی ہوگا کیونکہ وہ زماں اور مکاں کی قید سے آزاد ہوگا اور ہر آنے والے جگ کا بہترین مجسمہ کہلائے گا۔ لامحدودیت پتھر کے ایک ٹکڑے میں محدود ہو جائے گی۔

لامحدودیت کو محدود کرنے کا یہ خیال کس قدر انوکھا اور نرالا تھا۔ اور اس لئے وہ اتنی سخت محنت کر رہا تھا۔ اس کی دانست میں یہ لامحدود وسعت صداقت کا ہی دوسرا نام تھا اور وہ صداقت ہی کا مجسمہ بنا رہا تھا۔

لیکن اپنی اس کوشش میں وہ اب تک نو بار ناکام رہ چکا تھا۔ اس نے ہر مرتبہ بصد کاوش دھڑ تو تیار کیا لیکن سر نہ بنا سکا۔ جب وہ مورتی بنانا شروع کرتا تو اس کے ذہن میں سر سے پاؤں تک مورتی کا ایک صاف اور واضح تصور ہوتا اور اس کے مطابق وہ اسے تراشنا شروع کرتا لیکن حیرت کی بات یہ تھی کہ جونہی وہ دھڑ بنا کر چہرا بنانے پر

آتا اس کا تصور اسے جل دے جاتا۔ جس طرح مداری کی ٹوکری کے نیچے کبوتر خرگوش میں تبدیل ہو جاتا ہے اور دیکھنے والوں کو یہ راز مطلق سمجھ میں نہیں آتا۔ اسی طرح سدھیر بھی یہ راز سمجھنے سے قاصر تھا۔ دو تین بار اس نے بھی سوچا۔ ''دھڑ بنانے میں مجھ سے ضرور کوئی بنیادی غلطی ہوئی ہے۔'' چوتھی مرتبہ اسے مبہم سا احساس ہوا کہ دھڑ بناتے بناتے چہرے کے بارے میں میرا تصور بدل گیا ہے، اگر چہرے کے اس نئے تصور کے مطابق مجسمہ بنایا جائے تو یقیناً وہ ایک نیا مجسمہ ہوگا...... پہلے مجوزہ مجسمے سے بالکل مختلف۔

اس نے اس دھڑ کو چھوڑ کر از سر نو مجسمہ بنانا شروع کر دیا۔ پانچویں مرتبہ یہ احساس بالکل واضح ہو گیا کہ مجسمہ بناتے بناتے اس کے اپنے اندر سابقہ کچھ چیز ٹوٹتی اور کچھ نئی بنتی ہے جس کے باعث سچائی کے متعلق اس کا تصور بدل جاتا ہے اور جب تک یہ تصور یونہی بدلتا رہے گا اس کے لئے مجسمہ بنانا ممکن نہیں۔

اس نے سمجھا کہ تصور کی اس تبدیلی کا باعث یکسوئی اور محویت کی کمی ہے۔ اب وہ اس بات کا خاص طور سے دھیان رکھے گا۔ بت تراشی بچوں کھیل نہیں، ریاضت ہے۔ سب کچھ بھول کر اسی میں کھو جانا ہوتا ہے۔

لیکن اس کے باوجود وہ ہر مرتبہ ناکام رہا۔ جب اس نے نویں مرتبہ اپنے ادھورے مجسمے کو ترک کیا تو وہ سخت پریشان تھا۔ سمجھ میں نہیں آرہا تھا کہ کیا کرے اور کیا نہ کرے!

آخر اس نے دسویں مرتبہ ایک اور کوشش کرنے کا فیصلہ کیا۔ اس بار اس نے تمام دنیا سے قطع تعلق کر لیا۔ باغ تھا، یا پتھر تھا، اس کی ننھی چھینی اور ہتھوڑی تھی اور وہ محنت اور جتن سے اپنے اس تصور کو پتھر میں منتقل کر دینے میں منہمک تھا۔

لیکن جب وہ کام کرتے کرتے تھک جاتا تو ناکامی کا جان کاہ احساس سامنے

آ کھڑا ہوتا اور وہ اپنی روح کی تمام تر قوت مجتمع کر کے اسے جھٹلانے کی کوشش کرتا۔

دن بیتے، ہفتے اور مہینے گذرے مگر سدھیر نہیں آیا۔ بیٹی کو روز بروز مرجھاتے اور پژمردہ ہوتے دیکھ کر ڈاکٹر ترلوک گھبرائے اور انہوں نے کہا۔ ''چلو بیٹی، ہم دونوں سدھیر سے ملنے چلیں۔''

''نہیں میں نہیں جاؤں گی اور آپ بھی نہ جائیں۔''

وہ ایک منٹ بیٹی کے منہ کی طرف دیکھتے رہے اور اس کے دلی جذبات کو سمجھنے کی کوشش کرتے رہے۔

''آخر حرج کیا ہے؟''

''حرج ہے تبھی تو وہ ملنا نہیں چاہتے اور جب دوسری طرف ملنے کی خواہش نہ ہو تو جانا بے کار ہے۔''

نشا نے ہونٹ بند کر لئے اور وہ پتھر کی مورتی کی طرح ساکت اور گمبھیر ہوگئی۔ ڈاکٹر ترلوک اگر کچھ کہنا بھی چاہتے تو شاید وہ نہ سنتی۔

آخر ایک دن باتوں ہی باتوں میں انہیں معلوم ہوگیا کہ سدھیر ''سچ'' کا مجسمہ بنا رہا ہے اور جب تک یہ مجسمہ مکمل نہیں ہو جائے گا وہ کسی سے نہیں ملے گا۔

''یہ تو محض پاگل پن ہے۔'' ڈاکٹر نے پریشانی کا اظہار کیا۔ ''ایسا مجسمہ بنانا ممکن نہیں ہے۔''

''مگر انہیں کون سمجھائے کہ یہ ممکن نہیں ہے۔''

ڈاکٹر ترلوک اُٹھ کر ٹہلنے لگے۔ وہ بہت ہی بے قرار اور مضطرب دکھائی دے رہے تھے جیسے انہیں اس بات کا یقین نہ آتا ہو۔ چار پانچ مرتبہ اِدھر سے اُدھر ٹہلنے کے بعد وہ یکا یک رُکے اور بولے ''کیا سدھیر اسے واقعی ممکن سمجھتا ہے؟''

''جی ہاں'' نشا نے جواب دیا۔ اور باپ کی پریشانی کا سبب سمجھ کر پھر کہا۔

"وہ گذشتہ چھ سال سے اسے بنانے کی کوشش کر رہے ہیں۔"

ڈاکٹر ترلوک اپنی جگہ پر کھڑے کے کھڑے رہ گئے، کچھ کہہ نہ سکے، باپ بیٹی دونوں اک دوسرے کی طرف دیکھ رہے تھے اور کمرے میں خاموشی طاری تھی کچھ لمحے یونہی گذر گئے۔ پھر ڈاکٹر نے قدم یکا یک آگے بڑھایا اور ان کے منھ سے نکلا۔"اگر یہ سچ ہے تو......" ایک چکر کمرے کا لگایا اور بڑبڑائے۔"اگر یہ سچ ہے۔"

"تو؟"

"تو بیٹی اس سے تمہارا کوئی سروکار نہیں۔"

وہ پھر چپ تھے، اُن کا چہرہ اور بھی ٹھوس ہو گیا تھا۔ نشا باپ کی ذہنی کیفیت کو سمجھتی تھی۔ اُسے معلوم تھا کہ اس ایک فقرے میں ان کی ہزاروں حسرتوں کا خون شامل ہے۔ انہوں نے سدھیر سے کیا کیا امیدیں وابستہ کر رکھی تھیں، اُن سب پر جیسے پانی پھر گیا۔

"آدمی سے بھول بھی تو ہو جاتی ہے۔" نشا نے معذرت کے لہجے میں کہا "ٹھیک ہے۔ بھول ہو جاتی ہے۔ لیکن ایک آدمی ایک فرد واحد کی بھول کے لئے تم اپنی زندگی برباد کیوں کرو؟"

"لیکن......"

نشا کہتے کہتے رُک گئی۔ باپ کی آنکھیں اس کے چہرے پر گڑی تھیں ان میں ان کے دل کا اضطراب نمایاں تھا اور انہیں دیکھنے سے خوف آتا تھا۔

"کہو۔"

انہوں نے آنکھیں بیٹی کے چہرے سے ہٹالیں اور تھکے سے کرسی پر بیٹھ گئے۔

"لیکن یہ ایک آدمی......ایک فرد کی بھول نہیں ہے۔" نشا نے ضبط اور وقار کے ساتھ فقرا پورا کیا اور ذرا توقف کے بعد پھر کہنا شروع کیا۔

"آپ جانتے ہیں کہ سدھیر سچے فن کار ہیں۔ اور زندگی کے متعلق ان کا

نظریہ......"

"لیکن ایک سچا فن کار بھول اور جھوٹ سے کبھی سمجھوتا نہیں کرتا" ڈاکٹر نے اسے درمیان ہی میں ٹوکا۔

"سمجھوتہ وہ بھی نہیں کریں گے۔" نشا نے باپ کی آنکھوں میں آنکھیں ڈال کر اور ان کی روح میں جھانکتے ہوئے کہا۔ "ایک سچا فن کار اپنی فنی کاوش میں خود بھی بدلتا ہے اور سچائی کی نئی نئی منزلیں طے کرتا ہے۔ وہ بھی سچے فن کار ہیں۔ اس لئے یقین رکھئے کہ وہ بھی اپنے فن کو کبھی دھوکا نہیں دیں گے، دیر سویر اپنی اس بھول کا سدھار کریں گے کیونکہ وہ ایک آدمی .... ایک فرد محض نہیں ہیں عوامی شعور کے نمائندہ فن کار ہیں۔"

باپ نے بیٹی کی طرف محبت اور فخر سے دیکھا۔ اس کی آنکھوں میں یقین کی جھلی تھی ۔ سائنس اور فن میں جو ایک ابدی اور ازلی رشتہ ہے اور جو زندگی کو ہمیشہ سے حسین سے حسین تر بناتا آیا ہے، نشا اپنے اعتماد اور عزم کے باعث اسی ازلی اور ابدی رشتہ کا مجسمہ سا معلوم ہو رہی تھی۔

سدھیر کو محنت کرتے کرتے ..... ناکامی کو جھلاتے جھلاتے کئی مہینے گذر گئے ۔ جتنی یکسوئی اور محویت سے وہ مورتی بنانے اور اپنے آپ کو بھول جانے کی کوشش کرتا، ردعمل اتنا ہی شدید ہوتا۔ جب وہ تھک جاتا، چھینی ہاتھ سے رکھ کر ستانے لگتا تو تنقیدی شعور "ناکامی۔ ناکامی" چلا کر منہ چڑھاتا۔

محنت میں ناکامی کا احساس شامل ہو جائے تو وہ ایک دم ناقابل برداشت ہو جاتی ہے اور تھکن غیر معمولی طور پر بڑھ جاتی ہے۔ سدھیر کو اکثر اسی تھکن کا احساس ہوتا اور چھینی ہاتھ سے رکھ کر ناشپاتی کے پیڑ کی طرف دیکھنے لگتا۔ کلیاں اب کلیاں نہیں رہیں ۔ اس پر پھل لگے تھے اور ٹہنیاں ان کے بوجھ سے جھکی جا رہی تھیں ۔ سدھیر کلی سے

پھول بننے کے فطری عمل پر غور کرنے لگتا اور آرام کے لیے کچھ طویل ہو جاتے.....

پر اُس نے کام جاری رکھا اور اس مرتبہ نہ صرف دھڑ تیار کیا بلکہ چہرا بنانا بھی شروع کر دیا۔ بعض اوقات جب وہ مورتی کو سر سے پاؤں تک دیکھتا تو معلوم ہوتا کہ چہرے اور دھڑ میں خاطر خواہ مطابقت نہیں ہے۔ دل کو سمجھانا آسان ہے لیکن تنقیدی شعور جھٹ کہہ اٹھتا۔

''تمہاری محنت اور کوشش بے کار ہے۔ تم یہ صداقت کا مجسمہ بنا رہے ہو یا ایک بے معنی گنیش تیار ہے ہو؟''

گنیش کا خیال آتے ہی وہ چونک اُٹھتا اور سوچنے لگتا۔ اس کے ذہن میں دیو مالا کی بہت سی مورتیاں اُبھر آتیں جو اس نے مختلف مقاموں پر دیکھی تھیں۔ انسان نے دیوتا کے متعلق اپنے تخیل کو کس طرح مجسم کر دیا تھا۔ اس کی محنت کتنی سخت تھی! شیش ناگ کو جوں کا توں پتھر میں تراش دینا معمولی بات نہیں ہے ''شیش ناگ!'' وہ بڑبڑایا ''لیکن...... لیکن'' اور پھر بے شمار مورتیاں اس کے ذہن میں اُبھر آئیں۔ وہ ان کے اوصاف کی تعریف کرتا اور بزرگوں کے ندرت خیال اور سخت محنت کی داد دیتا اور یمراج کی مورتی پر اس کا دھیان کافی دیر تک اٹکا رہتا۔

یمراج کی شکل کتنی بھیانک تھی! چہرے کی جلد اس بھینسے کی جلد کی طرح موٹی اور بے حس تھی جس پر وہ سوار تھا۔

بھینسے اور یمراج کی بات سوچ کر سدھیر مسکراتا اور پھر اپنے کام میں مصروف ہو جاتا۔ لیکن دو چار مرتبہ اس خیال کو دہرانے کے بعد اُس نے پھر سوچا۔ ''یمراج اور اس کے بھینسے کا کوئی حقیقی وجود نہیں ہے لیکن فن کار کی تخلیق میں کچھ نہ کچھ صداقت ضرور ہے۔ کیا موت اتنی ہی بھیانک اور بے حس نہیں ہے جتنی کہ یمراج کی مورتی....''

قدیم انسان کی معصوم صداقت اس کی آنکھوں میں مجسم ہو جاتی اور وہ سائنسی

جگ کی سائنسی صداقت کو مجسم کرنے میں منہمک ہو جاتا۔اس نے سر اور چہرہ بھی بناڈالا۔ہونٹ تراشنے شروع کئے ''نشا!......''

وہ چونک اُٹھا۔اسے محسوس ہوا کہ یہ ہونٹ نشا کے ہونٹوں کی مانند نرم و نازک ہیں۔جب دوبارہ تراشنا شروع کیااور چھینی پر ہتھوڑی کی ضرب پڑی تب اُسے لگا کہ ہونٹ کھل گئے ہیں اور کہہ رہے ہیں:۔

''صداقت،خیال اور مادی حالات کے امتزاج کا نام ہے۔ مادی حالات بدلتے ہیں،خیال بدلتا ہے.........اس لئے؟''

سدھیر کے دل میں سوال پیدا ہوااور اس نے حیرت سے مورتی کی طرف دیکھا ۔اُسے یوں محسوس ہوا کہ ہونٹ اب بھی ہل رہے ہیں اور صاف اور مضبوط لہجے میں کہہ رہے ہیں۔

''اس لئے صداقت بھی بدلتی ہے۔''

یہ نشا کے الفاظ تھے اور سدھیر نے اس کے منہ سے کئی مرتبہ سنے تھے۔مگر اس کے سر پر تو صداقت کو مجسم کرنے کی سنک سوار تھی۔وہ ان الفاظ کو کہاں تک سنتا۔ایک دن چڑھ کر نشا سے کہہ دیا تھا۔''اگر تم بُرا نہ مانو تو جب تک میری یہ مورتی تیار نہ ہو جائے میں کسی سے ملنا بولنا پسند نہیں کرتا۔''

اور بعد میں وہ ان الفاظ کو جھٹلانے کی برابر کوشش کرتا رہا تھا۔لیکن انہیں جھٹلانا اور انہیں سننے سے انکار کرنا اب ممکن نہیں تھا کیونکہ وہ مورتی............اس کی اپنی تخلیق کے منہ سے ادا ہوئے تھے۔

شام کا وقت تھا باپ بیٹی اپنے فلیٹ میں آمنے سامنے بیٹھے تھے۔نشا کا چہرہ زرد پڑ گیا تھا اور وہ کاؤچ میں دھنسی ہوئی تھی۔

''چلو بیٹی،ذرا گھوم آئیں۔'' ڈاکٹر ترلوک نے کہا۔

آپ گھوم آیئے، میں گھر پر رہوں گی۔"

"کیوں، کیا بات ہے؟"

"ویسے ہی گھومنے جانے کی طبیعت نہیں۔"

"بیٹی، جس کا تمہیں انتظار ہے وہ اب نہیں آئے گا، نہیں آئے گا۔"

"ایک منٹ خاموشی کا گذرا اور وہ پھر بولے۔ اگر وہ اب تک بھول کو سدھار نہیں سکا تو سمجھ لو کہ آگے بھی نہیں سدھار سکے گا۔"

"تو کیا ہم سمجھ لیں کہ بھول کا کبھی سدھار ہی نہیں ہوگا؟" نشا نے کمر سیدھی کی اور تن کر بیٹھ گئی۔

"ہوگا، ضرور ہوگا۔" ڈاکٹر نے تیقن سے کہا، "صداقت افراد کی محتاج نہیں ہوتی وہ ہر حالت میں زندہ رہتی ہے اور وہ اپنے آپ کو منواتی ہے۔"

"لیکن اگر صداقت زندہ رہتی ہے تو افراد ہی میں زندہ رہتی ہے اور انہیں کے ذریعہ اپنے آپ کو منواتی ہے۔"

بات معقول تھی۔ ڈاکٹر ترلوک نے تائید میں سر ہلاتے ہوئے کہا۔ "لیکن جس زمانے میں سچ کے نام پر ایک وسیع جھوٹ کا پرچار ہوا ہو اور وہی اکثر لوگوں کا عقیدہ بن چکا ہو تو صداقت کو اپنے آپ کو منواتے میں دیر لگتی ہے۔"

"میں بھی تو دیر ہی کی بات سوچ رہی ہوں اور اسی لئے مایوس نہیں ہوں۔"

پگلی بیٹی۔ تمہارا یقین....."

وہ چونکے نشا بھی چونکی، سیڑھیوں پر پاؤں کی جو چاپ سنائی دی وہ جانی پہچانی تھی۔

●●●

ڈکار

مدھوسودن سے یہ میری تیسری چوتھی ملاقات تھی اور اس کے بارے میں میرے جو انداز ے تھے وہ رفتہ رفتہ غلط ثابت ہوتے چلے جارہے تھے۔ شکل صورت سے میں نے جو اُسے سمجھ لیا تھا باطن میں وہ اس سے بالکل مختلف تھا۔

میں نے اسے پہلے پہل تلوار کے ہوٹل میں دیکھا۔ شام کو جس وقت میں کھانا کھانے جاتا وہ ہمیشہ ٹھیک اس وقت آتا تھا۔ موٹے شیشے کی عینک، بڑی تیکھی ناک، گمبھیر متین چہرہ ہوٹل میں طرح طرح کے لوگ آتے ہیں۔ طرح طرح کی باتیں ہوتی ہیں۔ سب آپس میں بولتے بتلاتے ہیں۔ میل جول بڑھاتے ہیں۔ مگر مدھوسودن کو ان لوگوں سے کوئی سروکار نہیں تھا۔ اور ان کی باتوں اس کی ذرا بھی دلچسپی نہیں تھی۔ وہ چپ چاپ آتا اور کھانا کھا کر چپ چاپ لوٹ جاتا تھا ماحول سے الگ اور بلند رہنے کی کوئی شعوری کوشش بھی اس کے رویے سے ظاہر نہیں ہوتی تھی۔ وہ ایک سنجیدہ ڈھنگ اور فطری انداز سے آتا اور چلا جاتا تھا۔

اس کے اس سنجیدہ ڈھنگ اور فطری انداز نے مجھے اپنی طرف متوجہ کیا اور میں اُس سے گفتگو کرنے کا موقع تلاش کرنے لگا۔ یہ ایک قدرتی بات ہے، جس پانی کی تھاہ معلوم نہ ہو، آدمی اُس میں اُترنا چاہتا ہے۔

اتفاق سے ایک دن مدھوسودن پانچ سات منٹ دیر سے آیا اور اتفاق سے اسی میز پر آبیٹھا جس میز پر میں بیٹھا کھانا کھا رہا تھا اور پھر آمنے سامنے ہونے سے ہماری

نظریں بھی چار ہو گئیں۔

''آپ ہمیشہ ہوٹل ہی پر کھانا کھاتے ہیں؟'' میں نے بات چیت شروع کرنے کے مقصد سے پوچھا۔

''جی نہیں۔'' اس نے جواب دیا۔ اور پھر کہا۔ ''بیوی کوئی ایک مہینے سے بچے کو لے کر میری ماں کے پاس کانپور چلی گئی ہے۔ تب سے ہوٹل پر کھاتا ہوں۔''

''اس کا مطلب ہے کہ ہم دونوں گرہست ایک ہی کشتی میں سوار ہیں۔ یعنی میری بیوی بھی مجھے ہوٹل کو سونپ کر مائیکے چلی گئی ہے۔''

میں مسکرایا اور مدھوسودن بھی مسکرایا۔

یوں بات چیت شروع ہوئی۔ معلوم ہوا کہ مدھوسودن ایک بڑے پبلشر کے یہاں کام کرتا ہے، پانچ چھ سو روپے مہینہ تنخواہ پاتا ہے۔ ڈھیروں کتابیں ترجمہ کی ہیں، لکھنے پڑھنے کا شوق ہے اور ڈاک خانہ کے پیچھے کیدارناتھ چوپڑہ کے مکان میں اس کی رہائش ہے اور مدھوسودن کو جب یہ معلوم ہوا کہ میں بھی ایک لیکھک ہوں۔ اور میرا مکان کیدارناتھ چوپڑہ کے مکان سے دُور نہیں ہے تو وہ چونکا اور بولا۔

''آپ کا نام تو جانا بوجھا ہے۔ میں نے آپ کے لیکھ اور کہانیاں بھی پڑھی ہیں۔ لیکن کیسی عجیب بات ہے کہ آج سے پہلے ملاقات نہیں ہوئی حالانکہ میں گزشتہ پانچ سال سے اسی بستی میں رہتا ہوں۔''

''اتفاق کی بات ہے۔'' میں نے جواب دیا۔

''اب تو ملتے رہیں گے نا؟''

''بے شک ملتے رہیں گے''

اس نے مجھے اگلے روز اپنے گھر پر آنے کی دعوت دی اور میرا ہاتھ تھام کر کہا۔ ''ضرور آیئے گا اس بستی میں تو کوئی ایسا آدمی ہی نہیں ملتا جس سے دو گھڑی

اطمینان سے بات کر لی جائے۔''

اگلے روز اتوار تھا۔ میں مدھوسودن سے ملنے گیا۔اس کے پاس ایک ہی کمرہ تھا۔لیکن کافی کھلا تھا۔ریکوں اور الماریوں میں کتابیں دکھائی دے رہی تھیں۔کمرہ کیا تھا اچھی خاصی لائبریری تھی۔کچھ رسالے اور کتابیں چارپائی پر بھی بکھری پڑی تھیں اور مدھوسودن ان میں غرق تھا۔

''کیا پڑھا جا رہا ہے؟''میں نے پوچھا

''کامیو کے مضامین ہیں''اس نے کتاب میری طرف بڑھا دی اور کہا''کامیو کا نام تو آپ نے بھی سنا ہوگا؟ نوبل پرائیز وِنر ہے۔''

''نام ہی نہیں سنا پڑھا بھی ہے مگر مجھے یہ معلوم نہیں تھا کہ کامیو نے مضامین بھی لکھے ہیں۔''

''مضامین بھی خوب لکھے ہیں۔ وہ ایک بڑا ادیب ہی نہیں بڑا فلاسفر بھی تھا۔میں سمجھتا ہوں جس کسی نے کامیو کے مضامین نہیں پڑھے اس نے اس کا کچھ نہیں پڑھا اور وہ اس عظیم ادیب اور عظیم مفکر کے بارے میں کچھ نہیں جانتا''اس نے یونہی کتاب کے ورق اُلٹے پلٹے اور پھر کہا۔''لکھتے تو دراصل یہ غیر ملکی ادیب ہیں۔جس موضوع کو ہاتھ ڈالتے ہیں،اُسے انتہا تک پہنچا دیتے ہیں۔ہم ہندوستانی لیکھک تو ان کے پاؤں کی دھول بھی نہیں۔''

''درست فرمایا۔''میں نے تصدیق کی۔

''میں نے پروگرام بنایا ہے کہ ایک ایک کر کے تمام نوبل پرائیز وِنر لیکھکوں کو پڑھوں گا،دو سال چار سال پانچ دس سال۔خواہ جتنا بھی وقت اس میں لگے۔''

''بڑی ہمت کا کام ہے۔''

''لگن ہو تو ہمت بھی ہو ہی جاتی ہے۔''مدھوسودن مسکرایا اور ذرا تن کر بولا۔''اگر

میرا یہ پروگرام طے ہو جائے تو دل کو یہ تسکین تو ہو گی کہ میں نے واقعی کوئی کام کیا ہے"

"اب تک کون کون سے لیکھک پڑھ لئے؟"

"ابھی تو صرف ٹیگور کو پڑھا ہے اور اب یہ کامیو....."

"ٹیگور کے بارے میں آپ کی کیا رائے ہے؟"

"میری رائے! صاحب، میری رائے وہی ہے جو ہونی چاہئے۔ ٹیگور ایک عظیم دانشور تھا۔ پیدائشی ادیب تھا، نوبل پرائیز اسے ملنا ہی چاہئے تھا۔ ٹیگور پر ہم ہندوستانی جتنا فخر کریں اتنا تھوڑا ہے، میں نے اس کی تمام چیزیں پڑھی ہیں۔ تب میں یہ بات کہہ رہا ہوں، کوتا، کہانیاں، ناول، ڈرامہ، جو چیز لکھی لاجواب لکھی۔ آپ کو شاید یہ بات معلوم نہ ہو کہ ٹیگور شاعر اور ادیب کے علاوہ ایک عظیم مصور بھی تھا۔ اس کی بنائی ہوئی تصویریں......"

"اخا آ......اخا آ....."

پڑوس سے ایک عجیب آواز آئی اور تین چار بار متواتر آئی۔ میں چونکا اور مدھوسودن کی بات کا سلسلہ ٹوٹ گیا۔

"یہ کیا ہے؟" میں نے پوچھا۔

"ہمارا پڑوسی شونندن ڈکار رہا ہے۔" مدھوسودن نے جواب دیا۔

"ڈکار رہا ہے؟ اتنے زور سے؟"

"صاحب، کچھ نہ پوچھئے۔ اس آدمی کے مارے میرا تو ناک میں دم ہے۔ ابھی تو آپ نے اس کا ڈکارنا سنا ہے اگر کہیں دیکھ لیں تو حیران رہ جائیں۔ میں تو اُسے بھینسا کہتا ہوں۔"

اور پھر مدھوسودن نے اپنے پڑوسی شونندن کا سراپا بیان کرتے ہوئے بتایا کہ وہ موٹے جسم اور موٹی عقل کا آدمی مرکزی حکومت کے محکمہ خوراک میں کلرک ہے۔ وہ صبح

اُٹھ کر ایک مرتبہ مندر میں دیوتا کو پانی چڑھانے ضرور جاتا ہے۔ ورنہ گھر سے دفتر اور دفتر سے لوٹ کر ہر وقت گھر پر رہتا ہے، خوب ڈٹ کر کھاتا ہے اور پھر دن بھر ڈکارتا ہے، یا چار پائی پر لیٹے لیٹے ٹانگیں دیوار کے سہارے اُوپر کر کے جاسوسی ناول پڑھتا ہے۔''

شونندن کے کھٹے ڈکار ایک بار پھر سنائی پڑے۔

''آپ کو یہ سب بُرا نہیں لگتا؟'' میں نے ہمدردی کے لہجے میں پوچھا۔

''لگتا ہے صاحب لیکن کیا کریں، عادی ہو گئے ہیں۔ ہمارا تجربہ تو یہ ہے کہ سب جگہ ایسے ہی آدمی بھرے پڑے ہیں۔ جہاں جاؤ اُنہی کے درمیان رہنا ہوگا۔'' اور ایک شہید کی فلسفیانہ مسکراہٹ مدھوسودن کے ہونٹوں پر نمایاں ہوئی۔

میں اُس پہلے ہی دن وہاں ڈیڑھ دو گھنٹے ٹھہرا۔ ہم دونوں نے ایک ساتھ چائے پی اور مدھوسودن نے مجھے بتایا کہ وہ خود بھی ایک ناول لکھ رہا ہے جس پر پورے بیس سال صرف ہوں گے کیونکہ اس کا عقیدہ ہے کہ بہت سی بیکار چیزیں لکھنے کی بجائے بیس سال وقف کر کے اک ہی شاہکار کی تخلیق کرنا کہیں بہتر ہے۔

ہم اُٹھ کر باہر آئے تو برآمدے میں شونندن سے ٹکرا گئے۔ بھاری جسم، چھوٹا سا خربوزے جیسا سر، اندر دھنسی ہوئی سرخ پیشانی، پھولے ہوئے گال اور گول مٹول کھردرا چہرہ، مدھوسودن نے جیسا بتایا تھا شونندن ٹھیک ویسا ہی تھا۔

''آپ ہیں مشہور لیکھک شری شیام سندر۔'' مدھوسودن نے میرا تعارف کرایا۔

''اچھا، اچھا۔ آپ سے مل کر بڑی خوشی ہوئی۔ دھنیہ بھاگ ہمارا۔ آپ کے چرنوں سے ہمارا غریب خانہ بھی پوتر ہوا۔ آیئے تشریف رکھئے۔ آپ کا نام تو بہت سنا ہے اور ہم لوگ آپ کی کتابیں پڑھتے رہتے ہیں ہماری خوش قسمتی کہ اب درشن بھی ہو گئے۔ آپ تو.........''

شونندن نے جو ایک مرتبہ کہنا شروع کیا تو کہتا ہی چلا گیا۔ باچھیں پھیل جانے سے گال کچھ پچک گئے تھے اور چہرہ مسخ ہو جانے سے ماتھا بھی مسخ ہو گیا معلوم ہوتا تھا۔

مدھوسودن اس کی طرف دیکھ کر اور اس کی باتیں سن کر معنی خیز انداز سے مسکرا رہا تھا۔

اس کے بعد دوسری ملاقات ہوئی تو اس دن ادب میں ننگی پن کے عنوان سے اخبار میں میرا ایک مضمون شائع ہوا تھا۔ جس میں میں نے دنیا کے بھیانک ترین ننگی نیتشے کا ذکر کیا تھا اور اس کا ایک اقتباس بھی دیا تھا۔

مدھوسودن نے پہلے اس مضمون کا ذکر کیا اور پھر پوچھا۔

''آپ مجھے نیتشے کی کچھ کتابوں کے نام بتا سکتے ہیں۔؟''

''نام! مجھے تو معلوم نہیں''

''کتابیں تو اس نے بہت لکھی ہیں؟''

''ہاں، کافی لکھی ہیں۔ دس بارہ تو ہوں گی ہی۔''

''میں یہ سب کتابیں پڑھنا چاہتا ہوں۔ نیتشے بھی اپنی قسم کا ایک ہی آدمی تھا۔ اور ایک عظیم فلاسفر تھا۔ ہم لوگوں کا نقص یہ ہے کہ کسی آدمی کو جاننے کے لئے ہم اس کی تمام چیزیں نہیں پڑھتے اور اپنے ادھورے علم ہی سے مطمئن رہتے ہیں۔ میں چاہتا ہوں کہ پہلے اس کی سب کتابیں پڑھوں اور پھر اس پر ایک ایسا سیر حاصل مضمون لکھوں کہ دنیا چونک اُٹھے اور اس کی شخصیت کو تسلیم کرے''

میں نے تسلیم کیا کہ ''چند بڑے فلاسفر'' نام کی کتاب میں میں نے نیتشے پر صرف ایک مضمون پڑھا ہے۔ مضمون کے شروع میں اس کی کتابوں کی فہرست بھی درج تھی مگر میں نے ان میں سے ایک بھی نہیں پڑھی اور پھر مدھوسودن سے کہا۔

''یہ آپ کی ہمت ہے کہ آپ اتنی زیادہ کتابیں پڑھ لیتے ہیں۔''

''صاحب، جب ہم دانشور کہلاتے ہیں تو ہمارا فرض ہے کہ ہم کتابیں پڑھیں۔ اپنے علم میں اضافہ کریں اور جانیں کہ جن لوگوں نے عالمگیر شہرت حاصل کی ہے ان کا سوچنے اور لکھنے کا ڈھنگ کیا تھا۔ میں تو اپنی تنخواہ میں سے ہر مہینے پچیس تیس روپے کتابوں پر خرچ کرتا ہوں۔ روٹی خواہ اچھی نہ کھاؤں لیکن اچھی کتابیں ضرور خریدتا ہوں اور اس کے علاوہ لائبریری سے لاتا ہوں۔ کیونکہ میں جانتا ہوں کہ کتابیں روح کی غذا ہیں۔ پھر عظیم شخصیتوں کی تخلیقات سے اپنا......''

اسی وقت پڑوس سے شونندن کے ڈکارنے کی آواز سنائی پڑی اور مدھوسودن کی بات کا سلسلہ ٹوٹ گیا۔

''یہ کمبخت اتوار کو بھی کہیں نہیں جاتا۔ سارا سارا دن یہیں پڑے ڈکارتا رہتا ہے۔'' مدھوسودن نے شکایت کے انداز میں کہا۔

''آپ بھی تو کہیں نہیں جاتے۔'' میں نے چٹکی لی۔

''میری بات دوسری ہے۔ میں ایک بھی لمحہ ضائع کرنا نہیں چاہتا۔ میری زندگی کا ایک مشن ہے۔ اور وہ مشن ہے پڑھنا،...... پڑھنا،...... پڑھنا اور اپنے علم میں اضافہ کرنا۔ رات کو بارہ بارہ ایک ایک بجے تک جاگ کر پہلے میں نے ٹیگور کو ختم کیا، پھر کامیو کو پورا پڑھنا اور اب پرل ایس بک کو شروع کیا ہے۔''

''ہاں، صاحب، آپ کا تو یہ لمبا چوڑا پلان ہے۔ پھر آپ نتشے کو پڑھیں گے؟''

''لگن ہو تو سب پڑھا جاتا ہے۔ کچھ بھی مشکل نہیں۔'' مدھوسودن نے جواب دیا۔ اور پھر اپنے بیان کی وضاحت کرتے ہوئے کہا۔'' دراصل پڑھنا بھی اپنے میں ایک فن ہے اور میں نے اس فن کو بخوبی سمجھ لیا ہے۔ دیکھئے صاحب، میرا پڑھنے کا طریقہ یہ ہے کہ جب میں ایک ہی مصنف کی ایک کتاب پڑھتے پڑھتے اکتا جاتا ہوں تو اسے چھوڑ کر کسی دوسرے مصنف کی تصنیف پڑھنا شروع کر دیتا ہوں۔ اس سے موڈ

بدل جاتا ہے۔اور روح میں ایک گونہ گدگدی سی محسوس........"

پڑوس سے پھر شونندن کے کھٹے ڈکار سنائی پڑے۔اب کے وہ بڑے زور زور سے ڈکار رہا تھا۔میں چونکا۔

مدھوسودن طنزاً مسکرایا اور بولا۔

"آپ اس طرف دھیان ہی مت دیجئے۔میں بالکل دھیان نہیں دیتا۔اپنے پڑھنے میں مست رہتا ہوں۔اکثر اتنا کھو جاتا ہوں کہ دنیا میں خواہ کچھ بھی ہوتا رہے، میری بلا سے میرے نزدیک اگر بم بھی پھٹے تو میں شاید اسے بھی نہ سن پاؤں۔"

مدھوسودن مسکرایا اور میں بھی مسکرایا۔لیکن ہم دونوں کے مسکرانے کا انداز الگ الگ تھا۔

"تو صاحب، میں آپ سے کہہ رہا تھا کہ پڑھنا بھی ایک فن ہے۔" اس نے پھر سلسلہ جوڑا اور کہا، "ہمارے دانشوروں میں پڑھنے کی لگن ہے نہ خواہش اور نہ وہ اس فن کو سمجھتے ہیں۔میں نے تو اتنی کتابیں ترجمہ کردی ہیں کہ بہت کم لوگ زندگی بھر میں اتنی کتابیں پڑھ پاتے ہوں گے۔میری ان کتابوں کو اگر پھیلا کر رکھا جائے تو پوری دو بڑی میزیں بھر جائیں......."

یا یوں کہیئے کہ ایک اُونٹ کا بوجھ بنیں۔" میں نے اسے ٹوکا۔

"صاحب" مدھوسودن نے میرا طنز سمجھے بغیر ہی جواب دیا۔" بوجھ ہی کی بات ہے تو ٹھیلہ یا ٹرک کہیئے۔ہمارے اس مشینی دور میں اُونٹ تو بہت پرانی بات معلوم ہوتی ہے۔"

وہ اپنی اس جدت پر مسکرایا اور میں بھی مسکرایا۔

"بھابھی کب آ رہی ہیں؟" میں نے موضوع بدلنے کے خیال سے پوچھا۔

"بچی ساتھ ہے۔میں لینے جاؤں گا،تب آئیں گی۔"

''ایک ہی بچی ہے۔؟

''ہاں، ایک ہی بچی ہے۔ عمر کوئی ڈیڑھ ایک سال ہوگی۔ مگر اسے بہت ہی ذہین ہونا چاہئے۔ نہ ہوئی تو ہمیں اس بات کا بڑا رنج ہوگا۔ آخر......''

اُس طرف شونندن نے زور زور سے ڈکارنا شروع کیا۔ اس کے کھٹے ڈکاروں سے میں اس قدر پریشان ہوا کہ جب وہاں سے چلا تو انہی کی بازگشت سنائی پڑ رہی تھی اور احساس میں ایک کراہت انگیز بدبو رچ بس گئی تھی۔

ہماری تیسری ملاقات کافی دنوں بعد ہوئی۔ گھر کا ماحول بدلا ہوا تھا۔ کمرہ اب لائبریری دکھائی نہیں پڑتا تھا۔ بیوی اور بچی کو مدھوسودن کانپور سے لوالایا تھا اور ہر چیز قرینے سے رکھی ہوئی تھی۔ میں پہنچا تو میاں بیوی دونوں نے میرا سواگت کیا۔ میں دل ہی دل میں خوش ہوا شاید اس خیال سے کہ اب بات چیت کا موضوع بدلنے میں مدھوسودن کی بیوی اور بچی سے مدد ملے گی۔

ان دنوں ڈی۔ٹی۔یو بس کے ملازموں نے اپنی تنخواہیں اور مہنگائی بھتے بڑھوانے کا نوٹس دے رکھا تھا، مطالبات منظور نہ ہونے کی صورت میں ایک دو دن میں ہڑتال ہونے والی تھی اور اخباروں میں اس بات کا چرچا چل رہی تھا۔

''دیکھئے صاحب، اب بسوں کی ہڑتال بھی ہمارے لئے ایک مصیبت بن جائے گی۔'' مدھوسودن نے شکایت کے انداز میں کہا۔

''یہ تو بنے گی ہی کیونکہ کوئی سمجھوتہ ہوتا نظر نہیں آتا۔''

''سمجھوتہ صاحب کیسے ہوگا۔ جب لیڈر لوگ اپنی لیڈری چمکانے کے لئے ورکروں کو اُکسا رہے ہیں؟ ویسے میرا خیال ہے اور میں کبھی غلط نہیں سوچتا۔ میری اس بات سے آپ بھی متفق ہوں گے کہ ڈی۔ٹی۔یو کے بس کنڈکٹر کو جتنی تنخواہ ملتی ہے اتنا یا اس سے زیادہ پیسہ وہ اُوپر سے بنا تا ہے۔ پھر بتایئے صاحب، تنخواہ یا مہنگائی بھتہ

بڑھانے کا کیا مطلب ؟اور پبلک اُن سے کیوں ہمدردی کرے جبکہ خود انہیں پبلک کا ذرا خیال نہیں؟ آپ کو دفتر جانے میں دیر ہو رہی ہو اور آپ ذرا فاصلے پر ہوں، انہیں ایک منٹ بس روک لینے کے لئے کہیے، پیچھے دوڑیئے۔ وہ بالکل بس نہیں روکیں گے۔ پھر بتایئے صاحب ایسے لوگوں کے ساتھ پبلک کیسے ہمدردی کرے گی؟''

''بالکل ہمدردی نہیں کرنی چاہیے'' میں نے کہا۔

''آپ شاید ہنس رہے ہیں۔ میں مذاق نہیں کر رہا۔ اس مسئلے پر میں نے بہت سوچا ہے اور میں اپنے خیالات نہایت سنجیدگی سے آپ کے سامنے رکھنا چاہتا ہوں۔ آپ یہ بھی مت سمجھئے گا کہ میں چونکہ چھ سو روپے مہینہ پاتا ہوں اس لئے مزدوروں اور ورکروں کے خلاف ہوں۔ میں ان کے بالکل خلاف نہیں ہوں کیونکہ میں نے خود نہایت غریبی میں دن گذارے ہیں.......؟

''اچھا!''

''جی ہاں، سخت غریبی میں۔ میری آج کی حالت دیکھ کر شاید آپ کو یقین نہ آئے ورنہ جب میں بچہ تھا اور سکول میں پڑھتا تھا تو میرے پتا جی پریس میں کام کرتے تھے، انہیں ساٹھ ستر روپے مہینہ تنخواہ ملتی تھی، ماں بیمار رہتی تھی۔ گذارہ مشکل سے چلتا تھا۔ میں اپنی پڑھائی کا خرچ پورا کرنے کے لئے کبھی گھوم پھر کر بسکٹ بیچتا تھا اور کبھی کوئی ٹیوشن پڑھاتا تھا۔ آپ کو ایک دفعہ کی بات سناؤں کافی دلچسپ ہے۔''

وہ رکا شاید اس لئے کہ اس کی بیوی سمن جو کچن میں چائے تیار کر رہی تھی۔ کوئی چیز لینے کمرے میں آئی تھی۔

''ہاں، بتایئے'' سمن کے لوٹ جانے پر میں نے کہا۔

''بات یوں ہے کہ میں نے ایک بار ایک بڑی بڑی مونچھوں والے ایک ایسے آدمی کے لڑکے کو ٹیوشن پڑھانا شروع کیا جو افیون کا ناجائز دھندا کرتا تھا۔ جب کوئی

گاہک آتا تو وہ اس سے پیسے وصول کرتا اور اپنی دھوتی کی انٹی سے ایک پڑیا نکال کر اُسے تھما دیتا۔ میں نیچے آنگن میں بیٹھا یہ سب دیکھتا اور اس کے بیٹے کو پڑھایا کرتا تھا۔ جب میں پڑھا کر چلنے لگتا تو یہ کمبخت اُوپر چھت پر کھڑے کھڑے ہی لوہے کی سلاخوں میں ایک دونی نیچے فرش پر پھینک دیتا۔ یہی میری فیس تھی۔ میں چپ چاپ اُٹھا کر چلتا لیکن صاحب دل کو بڑا دکھ محسوس ہوتا۔"

"بڑا کمینہ تھا وہ آدمی" میں نے ہمدردی جتائی۔

لیکن مدھوسودن نے میری بات سنی ان سنی کر کے اپنی بات جاری رکھی......

"صاحب، کہنے کا مطلب یہ ہے کہ میں نے غریبی کے دن بھی دیکھے ہیں۔ اور خوب دیکھے ہیں۔ اس لئے میرے دل میں غریبوں کے لئے ہمدردی کا جذبہ ہونا لازمی ہے اور ہر ایک معقول آدمی کے دل میں یہ جذبہ ہونا ہی چاہیے۔ لیکن صاحب، سوچنے کی بات یہ ہے کہ میں نے محنت کی اور اپنی قابلیت بڑھائی تو آج میں چھ سو روپے مہینہ پا رہا ہوں، آدمی محنت ہی سے بڑا بنتا ہے۔ ملک بھی محنت ہی سے ترقی کرے گا۔ توڑ پھوڑ، بے ایمانی اور ہڑتالوں سے نہیں۔ محنت دنیا میں کبھی ضائع نہیں جاتی۔ ہر ایک آدمی کا فرض ہے کہ وہ جی جان سے محنت........"

اور پڑوس میں شونندن نے زور زور سے ڈکارنا شروع کیا۔ شاید مدھوسودن جیسا کہ اس کی عادت بن چکی ہے، ان ڈکاروں کو نظر انداز کر کے اپنی بات جاری رکھتا لیکن اسی وقت اس کی بیوی سمن چائے کی ٹرے لے کر اندر آئی۔ چائے پُر تکلف تھی کیونکہ سمن نے کچھ نمکین اور کچھ میٹھا اپنے ہاتھ سے تیار کیا تھا۔

"بھابی، آپ بھی کچھ پڑھتی رہتی ہیں یا یہ کام صرف انہی کو سونپ رکھا ہے؟" میں سمن سے مخاطب ہوا۔

"گھر کے دھندے سے فرصت ملے تو میں بھی پڑھ لیتی ہوں" اس نے چائے

بناتے بناتے جواب دیا۔
گستاخی نہ سمجھی جائے تو کیا میں آپ کی تعلیم کے بارے میں پوچھ سکتا ہوں؟''
''صاحب، اس میں گستاخی کی کیا بات ہے۔ آپ شوق سے پوچھیے۔ میں بتاتا ہوں۔
'' مدھوسودن نے بڑے فخر سے کہا اور پھر بتایا،'' آپ نے ہندی میں ایم اے کیا ہے۔ کچھ کہانیاں بھی لکھی ہیں جو بیشتر پتر کاؤں میں چھپ چکی ہیں۔ شاید آپ کی نظر سے نہ گذری ہوں، لیکن آپ پڑھیں تو دیکھیں گے کہ بڑی اچھی پکڑ ہے ان کی۔ لیکن اِدھر لکھنا کچھ بند کر دیا ہے۔ میں بہت کہتا ہوں کہ لکھنا جاری رکھو کیونکہ کلا مشق ہی سے بڑھتی ہے......''
شونندن نے پھر ڈکارنا شروع کیا اور سچ مچ بھینسے کی طرح بھیانک ڈھنگ سے۔
''بھابی، آپ کو یہ سب برا نہیں لگتا؟'' میں نے سمن سے پوچھا۔
''کیوں نہیں لگتا؟ بہت بُرا لگتا ہے۔ بڑا بدتمیز آدمی ہے۔ میں نے ان سے کئی بار کہا کہ مکان بدل لو۔ مگر یہ سنتے ہی نہیں، کہتے ہیں کہ کون بدلنے سدلنے کا جھنجھٹ مول لے۔ سب جگہ ایسا ہی ہے۔ اپن آرام سے پڑے ہیں۔'' سمن بولی۔
سمن نے گلے میں ہلکی سی زنجیر پہن رکھی تھی اور ماتھے پر بندی تھی۔ وہ گورے رنگ اور مجھولے قد کی خوبصورت عورت تھی۔ بولتی تھی تو تھوڑی کے نیچے دلکش زخند بنتا تھا۔ ان کی بچی شوشو بھی بالکل ماں پر پڑی تھی۔ میں نے اسے گود میں بٹھا لیا۔ اور پھر جتنی دیر وہاں ٹھہرا، میں اسے کھلاتا بہلاتا اور کسی نہ کسی انداز میں اس کی تعریف کرتا رہا۔ اس بات میں مدھوسودن نے بھی خاص دلچسپی لی اور مجھے چند ایسی باتیں بھی بتائیں جن سے بچی کی غیر معمولی ذہانت کا ثبوت بہم پہنچا تھا۔
لیکن جب میں وہاں سے چلا تو اس ننھی پھول سی بچی کے چہرے اور توتلی زبان

کے بجائے کھٹے ڈکاروں کی بدبو ہی احساس میں بسی ہوئی تھی ور میں سوچ رہا تھا کہ مدھوسودن بیوی کی بات کیوں نہیں مان لیتا؟ آخر مکان بدلنے میں ایسا کونسا جھنجھٹ ہے۔

اب میں ملوں نہ ملوں جب جب مدھوسودن کا دھیان آتا ہے تب تب شونندن کا بھی آتا ہے۔ اور سائنس کے یہ الفاظ" مادے کے متعلق انسان کا علم اس کی حرکت کی شکلوں کا علم ہے۔" جانے کیوں خود بخود میرے ذہن میں کوند جاتے ہیں۔ آواز، روشنی، حرارت، بجلی، امتزاج، انتشار وغیرہ قدرت میں حرکت کے بیسیوں روپ ہیں۔ لیکن ہر ایک چیز اور ہر ایک جاندار کی اپنی ایک خاص حرکت ہوتی ہے اور اس حرکت سے اس چیز اور اس جاندار کی حقیقت پہچانی جاتی ہے۔ ان دونوں آدمیوں مدھوسودن اور شونندن کی بھی ایک خاص حرکت ہے جب مجھے ان دونوں کا دھیان آتا ہے تو ان کی شکل صورت یا ڈیل ڈول نہیں بلکہ یہ خاص حرکت ہی میری نظر میں ہوتی ہے اور میں اسی کے بارے میں غور کرتا رہتا ہوں.........

سوچتا رہتا ہوں۔

اور سوچ کا حاصل یہ ہوتا ہے کہ احساس میں کھٹے ڈکاروں کی بدبو بس جاتی ہے۔

●●●

ذات اور کائنات

جھانک کر دیکھا تو گوردھن شرما گھر میں موجود تھے اور کمرے کے عین وسط میں کھڑے بیڑی سلگا رہے تھے۔

''آیئے! آیئے!''

انہوں نے میرا سواگت کیا اور میں کھڑکی کے قریب بچھے ہوئے پلنگ پر بیٹھ گیا۔ کچھ کتابیں اور پمفلٹ اِدھر اُدھر بکھرے ہوئے تھے لیکن اس طرف میرا دھیان نہیں گیا۔ میں شرما جی کی طرف حیرت سے دیکھ رہا تھا کیونکہ میں ''شاید مل جائیں'' سے دل کو بہلاتا ہوا اُدھر کو چلا آیا تھا، ورنہ ہرگز یہ امید نہیں تھی کہ وہ اس وقت گھر پر موجود ہوں گے۔ موجود تھے تو اس سے مجھے حیرت کے علاوہ ایک گونہ مسرت بھی ہوئی مگر دوسرے ہی لحہ محسوس کیا کہ گھر کا ماحول افسردہ افسردہ ہے اور شرما جی کسی شدید ذہنی اضطراب میں مبتلا ہیں۔ جی میں آئی کہ پوچھوں آپ کی پریشانی کا سبب کیا ہے مگر میں ان کے منہ کی طرف دیکھ کر چپ رہ گیا۔ کچھ بھی کہتے پوچھتے نہ بن پڑا۔

ہمارا رشتہ ہی کچھ ایسا تھا۔ گھر کا دروازہ کھلا ہونے کے باوجود ایک اور دروازہ تھا جو ہمیشہ بند رہتا تھا۔ وہ اب بھی بند تھا اور اس پر جلی حروف میں لکھا ہوا تھا...... ''اندر آنے کی اجازت نہیں ہے!''

اُن کی عمر چھپن ستاون سال کی تھی، سر کے بال پک گئے تھے اور کتابی چہرے پر

بیتے دنوں کے نشان اُبھر آئے تھے۔ میں انہیں ایک مدت سے جانتا تھا وہ دیس کے آزمودہ سپاہی تھے۔ تحریک آزادی میں انہوں نے سرگرم حصہ لیا تھا اور جوانی کی زندگی جیل یاتراؤں میں صرف کی تھی۔ اس وقت خواہ وہ کسی بھی سیاسی پارٹی سے وابستہ نہیں تھے مگر کسی بھی طرح کی سماجی یا سیاسی بے انصافی اُن سے برداشت نہیں ہوتی تھی اور وہ اس کے خلاف آواز بلند کرنے میں ذرا بھی نہیں جھجکتے تھے۔ یوں بھی ان کا مطمح نظر بڑا ہی وسیع اور ترقی پسند تھا۔ خلاء میں انسانی پرواز سے انہیں جو مسرت حاصل ہوئی وہ شاید سب سے پہلے کاسموناٹ گاگرین کو بھی نہ ہوئی ہو۔ مطالعے کا انہیں بے حد شوق تھا۔ ہر نئی کتاب، رسالہ یا پمفلٹ کان میں بھنک پڑتے ہی جھٹ خرید لاتے تھے۔ قومی اور بین الاقوامی مسائل پر دُور تک سوچتے اور مدلل گفتگو کرتے تھے۔ مجھے نہ صرف ان کی عمر کا پاس تھا بلکہ قربانی، خلوص اور قابلیت کے لحاظ سے بھی میں ان کا بے حد احترام کرتا اور انہیں اپنا بزرگ سمجھتا تھا۔

لیکن جہاں تک ان کی ذات کا تعلق ہے انہوں نے اس فاصلے کو مدنظر نہیں رکھا۔ کبھی اپنی بزرگی کا احساس نہیں ہونے دیا۔ وہ ہمیشہ مجھے 'مَل صاحب' سے مخاطب کرتے تھے اور گزشتہ دو تین برسوں سے جب میں ان کے پڑوس میں آکر رہنے لگا تھا مجھ میں اور ان میں گھنٹوں بات چیت رہتی تھی۔ بات چیت کا شوق ہی مجھے ان کے پاس کھینچ لے جاتا تھا اور آج بھی جب میں دن بھر لکھتے پڑھتے اور کام کرتے تھک گیا تھا، یہ شوق ہی مجھے ان کے مکان تک کھینچ لایا تھا۔ لیکن بات کا موضوع ہمیشہ سماجی اور سیاسی مسائل ہوتے تھے۔ نہ انہوں نے میرے نجی معاملات کے بارے میں کبھی کسی دل چسپی کا اظہار کیا اور نہ مجھے ہی ان کی نجی زندگی کے بارے میں کبھی کوئی بات پوچھنے کی جرأت ہوئی۔ صرف ایک دن جب میں اُن کے پڑوس میں آکر رہنے لگا تھا تو اتفاق سے انہیں بیس اکیس سال کی ایک نوجوان لڑکی کے ساتھ آتے دیکھا۔

انہوں نے اس دبلی پتلی خوش وضع لڑکی سے تعارف کراتے ہوئے کہا تھا۔" یہ ہیں میری بیٹی سنتوش بی ایڈ میں پڑھتی ہیں۔"

اس واقعہ کو تین سال گزر گئے۔ سنتوش نے بی ایڈ پاس کرلیا ہے اور اب وہ اسکول میں پڑھاتی ہے۔ کبھی کبھی شرما جی کے مکان پر ملاقات بھی ہو جاتی ہے لیکن اس دن کے بعد شرما جی نے لڑکی کے بارے میں یا اپنے بارے میں پھر کبھی ایک لفظ بھی نہیں کہا۔ میں نے خود ہی سمجھ لیا ہے کہ اس لڑکی کے علاوہ اور تو کوئی آگے پیچھے ہے نہیں۔ وہ اس سونے گھر میں اس اکیلی کو اپنے ساتھ کیا رکھیں۔ کہیں ہوسٹل دوسٹل میں رہائش کا انتظام کر رکھا ہے۔ کبھی کبھی باپ سے ملنے آجاتی ہے۔

چنانچہ میرے نزدیک شرما جی خالصتاً قومی اور بین الاقوامی حیثیت کے انسان تھے۔ ایک ایسے انسان جن کے جگر میں سارے جہاں کا درد ہے، مگر ان کا اپنا کوئی درد نہیں۔ بات چیت کو نجی معاملات کی سطح پر لانے میں ہمیشہ ان کی یہی حیثیت مانع رہتی تھی۔ ورنہ جب دو آدمی مل بیٹھتے ہیں تو وہ گھر گرہست اور سکھ دکھ کی باتیں بھی ضرور کرتے ہیں۔ لیکن جو شخص اس طرف سے بالکل بے نیاز ہو کر زندگی کے عام چلن سے بلند اُٹھ چکا ہو، اُسے ناحق اپنا دکھ درد سنا کر یا خود اس سے بیوی بچوں کے بارے میں دریافت کر کے آپ اپنی نظر میں ہیچ بنتا ہے چنانچہ آج بھی میں یہ نہیں پوچھ سکا کہ شرما جی آپ اس قدر پریشان کیوں ہیں یا آج اس وقت گھر پر موجود رہنے کی وجہ کیا ہے؟"

انہوں نے دو تین تیلیاں ضائع کر کے بیڑی سلگائی اور کرسی کھینچ کر سامنے بیٹھ گئے۔

"کہیے، کیا حال ہے؟"

انہوں نے کش لگا کر رسماً پوچھا، جس سے میں سمجھ گیا کہ وہ دراصل کمرے میں

موجود نہیں ہیں۔

''نوازش ہے۔'' میں نے بھی رسماً جواب دیا اور دل ہی دل میں سوچنے لگا کہ اب بیٹھوں یا جاؤں۔

''معاف کیجئے گا۔ مجھے دھیان نہیں رہا۔ آپ سگریٹ لیجئے۔'' انہوں نے کہا اور پلنگ پر بچھی ہوئی چادر کے نیچے سے سگریٹ کیس نکال کر میرے سامنے رکھ دیا۔

''آپ جانتے ہیں۔ میں سگریٹ نہیں پیتا۔'' میں نے معذرت کے انداز میں کہا۔

''بالکل نہیں۔''

''ہاں، بالکل ہی سمجھ لیجئے۔''

وہ میری طرف دیکھتے ہوئے کش کھینچنے لگے۔

''بجھ گئی ہے۔ آپ اسے پھر جلا لیجئے۔''

''اجی، کیا جلائیں گے۔'' انہوں نے سفید سر کو جھٹک کر کہا۔'' میں بھی سگریٹ پینے کا عادی نہیں ہوں۔ اکیلے بیٹھے کبھی خیال آجاتا ہے تو یونہی جلا لیتا ہوں۔'' انہوں نے صفائی پیش کی۔ اور پھر کہا۔'' دراصل میں بیڑی نہیں پیتا۔ تیلیاں پھونکتا ہوں۔''

''بات تو آپ ٹھیک کہتے ہیں۔'' میں نے مسکراتے ہوئے جواب دیا۔

وہ بھی مسکرائے۔ انہوں نے ایک پاؤں کرسی کے اُوپر رکھ لیا تھا اور دایاں ہاتھ جس میں بجھی ہوئی بیڑی تھی، گھٹنے کے نیچے لٹک رہا تھا۔

''یہ ملیشیا کا کیا قصہ ہے؟ میں سمجھتا ہوں کہ جنوب مشرقی ایشیا میں ایک نئے جھگڑے کی بنیاد پڑ گئی۔'' آخر میں نے اصل موضوع پر بات شروع کی۔

''معقول صاحب، آپ نے ٹھیک فرمایا۔ یہ جھگڑے نپٹنے کی بجائے بڑھتے ہی

جا رہے ہیں۔"

شرما جی نے سرد مہری کے لہجے میں مختصر سا جواب دیا۔ پاؤں کرسی سے نیچے اتار کر ماچس اُٹھائی اور بیڑی کو دوبارہ جلانے کی کوشش کی۔ دو تین تیلیاں پھونکنے کے بعد وہ جل گئی اور شرما جی نے ایک کش لگا کر کھڑکی کے راستے باہر گلی میں جھانکنا شروع کیا۔

وہ کھڑکی سے باہر کی طرف جھانک رہے تھے۔ اور میں اُن کے سال خوردہ چہرے کی طرف دیکھ رہا تھا۔ مجھے امید تھی کہ بات ابھی ختم نہیں ہوئی۔ وہ سوچ رہے ہیں۔ ملیشیا سنگھ کے بارے میں اپنے خیالات کا اظہار ابھی تفصیل سے کریں گے۔ اور بین الاقوامی سیاست پر روشنی ڈالیں گے۔ لیکن کئی منٹ گزر گئے وہ کچھ نہیں بولے۔ چپ بیٹھے بدستور کھڑکی سے باہر جھانکتے رہے۔

"ادھر لاؤس اور جنوبی ویت نام کی خانہ جنگی طول پکڑ رہی ہے اور ادھر...... میں نے انہیں اپنے وجود کا احساس دلانا چاہا لیکن انہوں نے میری بات ہی نہیں سنی۔ وہ باہر جھانک رہے تھے اور بیڑی ان کے ہاتھ میں پھر بجھ گئی تھی۔ کچھ منٹ اور خاموش رہنے کے بعد میں نے کامراج پلان کی بات چھیڑی۔ مگر شرما جی نے اس پر بھی کوئی توجہ نہیں دی۔ ہوں، ہاں، کر کے ٹال گئے۔ ان کے چہرے پر پریشانی اور اضطراب کے جو بادل گھر آئے تھے انہوں نے اب کالی گھٹا کی صورت اختیار کر لی تھی۔

"اندھیرا ہو گیا۔ بجلی جلا دوں۔" انہوں نے باہر سے نگاہیں سمیٹ کر کہا۔

"ہاں۔ جلا لیجئے۔" میں نے جواب دیا۔

انہوں نے اُٹھ کر سوچ دبایا اور دائیں طرف ایک بلب جل گیا۔

"دیکھئے۔" شرما جی جلی ہوئی بیڑی ہاتھ میں لئے سوچ بورڈ کے پاس کھڑے کھڑے بولے۔ "یہ زیرو نمبر کا بلب ہے۔ اسے میں رات کو سوتے وقت بھی جلائے

رکھتا ہوں۔ نیند کھلنے پر کمرے کی ہر ایک چیز نظر آتی ہے۔ لیکن روشنی آنکھوں میں نہیں چبھتی۔"

پھر انہوں نے یہ بلب بجھا کر ایک دوسرا سوچ دبایا اور بائیں طرف میرے سر کے اُوپر ایک دوسرا بلب جل گیا۔

"اس کی روشنی کچھ زیادہ ہے۔" وہ پھر بولے۔ "چلنے پھرنے اور یونہی بیٹھے رہنے کے لئے کافی ہے۔ لیکن.........." انہوں نے دوسرا بلب بجھا کر ایک تیسرا جلایا اور ایک سفید اُجالا سارے کمرے میں پھیل گیا۔ "جب پڑھنا ہو تب میں یہ سو نمبر کا بلب جلا لیتا ہوں اور بیٹھا پڑھتا رہتا ہوں۔ یوں میں نے تین قسم کی روشنیاں لگا رکھی ہیں۔" وہ ایک معصوم بچے کی طرح مسکرائے لیکن پھر اسی افسردہ انداز میں بولے۔ "مگر دیکھا جائے تو یہ بھی اکیلے آدمی کا من بہلاوا ہے۔ گرہست کو ان چونچلوں کی ضرورت نہیں پڑتی۔ آپ کو بھی نہیں پڑتی ہوگی؟"

"نہیں پڑتی۔" ان کی نگاہیں اپنے چہرے پر مرکوز دیکھ کر میں نے بلا سوچے جواب دیا۔ وہ درمیانہ بلب جلا کر پھر کرسی پر آبیٹھے اور چپ چاپ کھڑکی سے گلی میں جھانکنے لگے۔

"ہم نے کل لڑکی کی سگائی کر دی ہے۔" انہوں نے نگاہیں اندر سمیٹ کر یک بیک کہا۔

"مبارک ہو!" میرے منہ سے نکلا اور پھر پوچھا۔ "لڑکا تو اچھا مل گیا؟"

"ہاں، ایم۔ اے۔ بی۔ ٹی ہے۔ وہ ٹیچر ہے اور لڑکی بھی ٹیچرس ہے۔ دونوں ہم پیشہ ہیں اور سب سے اہم بات یہ ہے کہ دونوں ایک دوسرے کو مدت سے جانتے پہچانتے ہیں۔"

"یہ تو ہونا ہی چاہیے تھا۔ آپ بھی اگر اس بات کا دھیان نہ رکھتے تو اور کون

رکھتا؟''

''ہم نے اپنا فرض ادا کر دیا'' انھوں نے پہلو بدل کر اور کرسی کے اُوپر پاؤں رکھ کر کہا۔''اب دل کی کچھ ایسی کیفیت ہے کہ اس میں خوشی بھی ہے اور تھکن بھی ہے جو مسافر کو منزل پر پہنچ کر محسوس ہوتی ہے۔ہم نے پہلے اسے پڑھایا اور اب من پسند لڑکا طے کر دیا۔ ہم تو کسی رسم و رواج کو مانتے نہیں، اس لئے شادی اب اس کا باپ خود کرے گا۔''

''کیا۔۔؟ کیا؟ اس کا باپ کوئی اور ہے؟'' میں چونکا۔

''سحل صاحب، آپ کو معلوم نہیں؟''

''نہیں۔''

''اچھا، کبھی بتایا نہیں ہوگا۔'' انہوں نے کہا اور پاؤں نیچے اُتار کر ذرا آگے کو جھک گئے۔ نگاہیں رہ رہ کر کھڑکی کی طرف اُٹھ جاتی تھیں۔''میں نے تو اسے تب گود لیا تھا۔ جب یہ چار سال کی چھوٹی سی بچی تھی۔ اس کے باپ تو پنڈت جانکی داس ہیں۔ ڈاک خانے والی گلی میں ان کا جدی مکان ہے۔ ماں باپ اور بھائی بہن ہیں سنتوش اُن کے ساتھ وہیں رہتی ہے۔ پہلے وہ دن میں دو مرتبہ ملنے آتی تھی مگر آج سارا دن گزر گیا نہیں آئی میں بیٹھا اُس کا انتظار کر رہا ہوں۔''

''یہ بات ہے۔'' میں جھٹ بول اٹھا۔''اب معلوم ہوا۔ ورنہ یہ سوال کئی مرتبہ میرے ذہن میں آیا کہ آپ سے پوچھوں کہ آپ شام کے وقت گھر میں کیسے موجود ہیں ۔۔۔؟''

''ہاں، وہ آ جائے تو میں بھی باہر جاؤں۔ اگر آ کر دروازہ بند دیکھے گی تو اُسے مایوسی ہوگی اور میرے دل میں بھی یہ خلش رہ جائے گی کہ پہلے ہر روز آتی تھی تو آج کیوں نہیں آئی۔'' انہوں نے گلی کی طرف دیکھا اور ذرا توقف کے بعد پھر بولے۔

''شاید شرماتی ہو۔ ویسے میں نے ساری بات آج سے پہلے ۱۵ راگست کو طے کردی تھی۔ آخر یہ ہماری آزادی کا دن ہے اور سچ پوچھو تو ہمارے لئے سب سے مقدس دن ہے۔ اس روز چھٹی بھی تھی۔ لڑکا اور لڑکی دونوں سامنے اس کمرے میں بیٹھے تھے۔ میں بھی موجود تھا۔ دونوں سے کہہ دیا اپنا بھلا بُرا آپ سوچ لو۔ کسی کو ایک دوسرے سے شکایت ہو تو کہہ دو۔ ورنہ آج جو بات طے ہو جائیگی، اُسے پتھر کی لکیر سمجھو۔ اس کے بعد تم دونوں کے گھر والوں کو رضامند کرنا میرا کام ہے۔ سسرے اگر نہیں مانیں گے تو جائیں بھاڑ میں۔ تم دونوں بالغ ہو، دونوں برسرِ روزگار ہو۔ عدالت کا دروازہ کھلا ہے۔ اپنے دو چار دوستوں کو لے کر میں تمہارے ساتھ چلوں گا اور سول میرج ہو جائیگی۔ لیکن شکر ہے کہ دو ڈھائی مہینے کی دوڑ دھوپ کے بعد دونوں کے ماں باپ بھی مان گئے۔ رات ہم شگن بھی دے آئے۔ اب وہ جیسے چاہیں اپنے رسم ورواج کے مطابق شادی کریں۔ ہمیں اس سے کچھ مطلب نہیں۔ میں ضرور جاؤں گا۔ مگر میں اپنے کسی دوست کو مدعو نہیں کروں گا۔ آخر اس سے فائدہ ہی کیا ہے؟ بے کار کا جھنجھٹ ہے۔''

''میں تو سنتوش کو آج تک آپ ہی کی بیٹی سمجھتا رہا۔ اور گھر میں ساتھ نہ رہنے کی وجہ ظاہر تھی کہ آپ اکیلے ہیں۔''

''اور تو سب جانتے ہیں اس لئے میرا خیال تھا کہ آپ بھی جانتے ہوں گے۔''

''کیا آپ نے شادی ہی نہیں کی؟''

شادی تو کی تھی۔'' انہوں نے دور ماضی میں جھانکتے ہوئے ذرا توقف کے بعد کہا۔'' مگر بیوی جو ملی وہ ان پڑھ ہونے کے علاوہ سمجھ بوجھ میں بھی کچھ ایسی ویسی تھی۔ ہم نے جس طرح کی زندگی بسر کی ہے، وہ آپ جانتے ہی ہیں۔ اس میں وہ بیچاری ہمارا ساتھ نہیں دے سکتی تھی۔ والد صاحب بڑے ہی صاف گو تھے انہوں نے مجھ سے

کہا۔" بیٹا گوردھن میں جانتا ہوں کہ تمہارے ساتھ بے انصافی ہوئی ہے اس کا اب صرف یہی علاج ہے کہ تم کہو تو میں تمہاری دوبارہ شادی کردوں۔ آپ جانتے ہیں کہ ان دنوں عورت کی کوئی حیثیت نہیں تھی اور مرد دو دو تین تین شادیاں آسانی سے کر لیتے تھے۔"

"اس میں کیا شک ہے۔" میں نے تائید کی۔

"اور یوں ہمارا گھرانا اچھا کھاتا پیتا گھرانا تھا۔ مگر آپ جانتے ہیں کہ میں نے والد صاحب سے کیا کہا۔ میں بولا" اگر آپ اس لڑکی کی دوبارہ شادی کر دیں تو کوئی ہرج نہیں۔ میں بھی کروا لوں گا۔ والد صاحب کو یہ شرط گوارا نہیں تھی اور وہ میرے مزاج کو بھی سمجھتے تھے۔ چنانچہ اس سلسلے میں پھر کبھی ایک لفظ بھی نہیں کہا۔ چپ ہو گئے۔ بعد میں ہمارے گھر ایک بچہ ہوا۔ وہ بھی مر گیا اور بیوی بھی مر گئی۔ ہم نے اس طرف توجہ ہی نہیں دی۔ آخر دنیا میں جو اتنے بچے ہیں۔ وہ سب تو ہمارے ہی ہیں۔ میرا تیرا سب من کا وہم ہے۔"

"یہ تو ٹھیک ہے۔" میں نے زخم پر مرہم رکھا۔

"جب یہ سنتوش چار سال کی تھی تو میں نے اسے گود لے لیا۔ اب اس کی عمر بائیس سال کی ہے۔ بی۔ اے۔ بی۔ ایڈ ہے۔ اسکول میں پڑھاتی ہے۔ میرے پاس اس کی بیسیوں چٹھیاں موجود ہیں۔ باپ سے زیادہ مجھے مانتی ہے۔ ذرا بیمار پڑ جاؤں تو بہت پریشان ہوتی ہے۔ لیکن پھر بھی لڑکی ہے بہت دوڑ دھوپ نہیں کر سکتی۔ اب بیاہ ہو جائیگا تو مجھے اور سہارا ملے گا۔ وہ لڑکے سے کہے گی۔ پتا جی بیمار ہیں۔ دوڑ کر جاؤ اور ڈاکٹر کو بلا لاؤ، اس وقت اگر وہ نہیں آئی تو اس کی وجہ میں یہ سمجھتا ہوں کہ وہ اِدھر سے اپنا ناتہ توڑ کر اُدھر جوڑ رہی ہے۔ آخر وہ ناتہ آج ہی سے جڑنا شروع ہوگا۔ یہ ایک قدرتی بات ہے۔ چونکہ آپ اس بات کو سمجھتے ہیں اس لئے میں آپ سے کہہ رہا ہوں۔ یہ

بات اس کے لئے بھی اچھی ہے اور ہمارے لئے بھی۔ اپنے کو دوسرے کا بنا کر ہی اسے اپنایا جاتا ہے۔ ہمیں بھی اس بات کی خوشی ہے۔ پہلے صرف لڑکی تھی اور اب وہ لڑکا بھی بڑھاپے کا سہارا بنے گا۔ پھر ایک بات اور ہے۔'' شرما جی رکے اور ان کی آنکھیں چمکیں '' سیاسی آدمی پر سو طرح کی باتیں پھیلا دی جاتی ہیں۔ اس لئے سنتوش جب کہتی تھی۔ پتا جی شاپنگ کے لئے چلو، مجھے ساڑی خریدنی ہے۔' تو میں ساتھ نہیں جاتا تھا۔ اُس سے کہتا تھا کہ پیسے لو اور خرید لاؤ۔ اب یہ کھٹکا بھی نہیں رہا۔ دونوں بے دھڑک آیا جایا کریں گے میری خیر خیریت پوچھا کریں گے۔ اپنی خوشی سے جو جی چاہے گا، خریدیں گے اور جو جی چاہے گا پہنیں گے۔ ہم اپنے فرض سے سبکدوش ہوئے اور سب سے بڑی خوشی کی بات یہ ہے کہ دونوں کے ماں باپ بھی مان گئے۔''

'' آخر ماں باپ کیوں نہ مانتے؟ اس پر انہیں کیا اعتراض ہو سکتا تھا؟''

متل صاحب، آپ کو معلوم نہیں۔ لڑکی برہمن کی بیٹی ہے اور لڑکا کائستھ ہے۔ یہ ذات پات کا اعتراض کیا کوئی کم مسئلہ ہے؟ ہم تم مٹھی بھر لوگ بدل گئے ہیں۔ ہمارے لئے شرما اور متل بے معنی لفظ ہیں یا یوں سمجھ لو کہ نام کا حصہ ہیں۔ لیکن اور لوگ تو نہیں بدلے۔ یہ سماج جسے بدلنے کے لئے ہم نے اتنی جدوجہد کی اور نہ جانیں کتنی مصیبتیں برداشت کیں، آزادی کے سولہ سترہ سال بعد بھی ذرا نہیں بدلا، بدستور اپنا پھن پھیلائے ہوئے ہے۔ لوگ نہایت بیہودہ رسم ورواج اور توہمات کے بندھن میں جکڑے ہوئے سسک رہے ہیں۔ مگر ان میں بندھنوں کو توڑنے کی ہمت نہیں۔ سنتوش کے باپ اور لڑکے کے والدین کو اس شادی پر رضامند کرنے کے لئے مجھے کتنی راتوں کی نیند حرام کرنا پڑی اور کیا کیا سردردی اُٹھانا پڑی، اس کے تصور ہی سے میری روح لرز جاتی ہے۔ جب ہم پڑھے لکھوں اور مہذب کہلانے والوں کا یہ حال ہے تو ان پڑھ دیہاتیوں کی تو بات ہی جانے دیجیے۔ متل صاحب اتنی زندگی گذار کر میں تو آخر اس

نتیجے پر پہنچا ہوں کہ ہم مٹھی بھر آدمی جنہوں نے صحیح طور پر سیاسی زندگی بسر کی ہے ایک بہت بڑی تبدیلی کے خواب دیکھتے آئے ہیں اور دیکھتے ہی رہتے ہیں۔ لیکن جب کوئی عملی قدم اُٹھانا پڑتا ہے اور کوئی معمولی سا بھی حقیقی مسئلہ پیش آتا ہے تو یہ خواب منتشر ہو جاتا ہے۔ اُف۔! یہ ساری باتیں سوچ کر میرا تو جی جلتا ہے اور اس لئے شادی میں اپنے دوستوں کو مدعو نہیں کر رہا۔''

وہ اپنی بات نہایت تیکھے لہجے میں کہہ رہے تھے اور میں چپ چاپ سن رہا تھا۔ یہ پہلا موقع تھا کہ میں نے اُن کی روح میں جھانک کر دیکھا اور شاید پہلی ہی بار محسوس کیا کہ ذات کا غم ہی کائنات کا غم ہے۔ ذات نہ ہو تو کائنات بھی کیا ہے۔

''آپ یہیں بیٹھیں گے؟'' چند منٹ چپ رہنے کے بعد میں نے پوچھا۔ میرے لئے خاموشی بوجھل ہو رہی تھی۔

''ہاں! میں ابھی تھوڑی دیر اور سنتوش کی راہ دیکھوں گا۔ میرا خیال ہے کہ وہ آتی ہی ہو گی۔'' شرما جی نے بڑے وثوق سے کہا اور ان کی نگاہیں کھڑکی کی طرف اُٹھ گئیں۔

''اچھا، اجازت دیجئے۔ میں چلتا ہوں۔''

انہوں نے بغیر کچھ کہے ہاتھ بڑھا دیا۔ میں مصافحہ کر کے چلا آیا اور راستہ بھر انہیں کے بارے میں سوچتا اور یوں محسوس کرتا رہا کہ جیسے شرما جی کے کمرے کے تینوں بلب خود اُن کے اپنے اندر باری باری جل بجھ رہے ہیں ☆

●●●

ریل کا ڈبہ

مَیں اور میرا دوست ہیرا نند لکھنؤ سے دہلی آ رہے تھے۔ تھرڈ کلاس کا ڈبہ مسافروں سے کھچا کھچ بھرا ہوا تھا کہیں تل دھرنے کو جگہ نہیں تھی پھر بھی باہر سے نئے مسافر اندر گھس آنے کے لیے مسلسل کوشش کر رہے تھے اور ایک کالا کلوٹا ننگ دھڑنگ آدمی دروازے پر بیٹھا خاکی فوجی ٹوپی پستول کی طرح ہوا میں لہراتے ہوئے لوگوں سے لڑ جھگڑ رہا تھا اور انہیں اندر آنے سے منع کر رہا تھا۔ منع ہی نہیں کر رہا تھا بلکہ زبردستی روک رہا تھا۔

ڈبے میں بالکل گنجائش نہیں تھی۔ کسی نئے مسافر کے اندر آنے پر ڈبے میں بھرے ہوئے آدمیوں کو اور بھی سکڑنا پڑتا تھا لیکن جب کوئی آدمی اس فوجی سے لڑ جھگڑ کر اندر گھس آنے میں کامیاب ہو جاتا تھا تو لوگ خفا ہونے کی بجائے خوش ہوتے تھے اور اس کی کامیابی کو اپنی کامیابی سمجھتے تھے۔ فوجی کو پسپا ہوتے اور جھنجھلاتے دیکھ کر ہیرا نند تو ایک دم ہنس پڑتا تھا۔ اور اپنے مخصوص انداز میں دہرا دیتا تھا۔ ''کرایہ پہ.........''

گاڑی میں داخل ہوتے وقت اس فوجی نے ہمیں بھی روکا تھا۔ دروازہ بند تھا اسے کھولنا ممکن نہیں تھا جب کوئی کھڑکی میں سے گھسنے کی کوشش کرتا تھا تو فوجی اسے

پیچھے دھکیلتا تھا لیکن ہیرا نند مضبوط اور لڑاکا آدمی تھا۔ وہ اس کے روکے کب رکنے والا تھا؟

ہیرا نند نے اس کی ایک نہیں چلنے دی اس نے فوجی کو دھکا دیا اور اچک کر اندر داخل ہو گیا۔ فوجی گرتے گرتے بچا اور کھڑا نہ جانے کیا کچھ بکتا اور بڑبڑاتا رہا، لیکن ہیرا نند نے جب تک بازو پکڑ کر مجھے اندر نہ کھینچ لیا اس کی طرف بالکل دھیان نہیں دیا۔ گاڑی میں سوار ہونے سے مطلب تھا لڑنے سے نہیں۔ مگر ہمارے اندر آجانے کے بعد بھی فوجی چلاتا ہی رہا۔ ہیرا نند نے گرج کر کہا۔ ''ارے تو کون ہوتا ہے ہمیں روکنے والا؟ تیرے باپ کی گاڑی ہے؟''

''ہاں۔ ہم روک سکتے ہیں''۔ فوجی نے تحکمانہ شان سے کہا۔ اس نے نیکر کے سوا باقی تمام کپڑے اُتار رکھے تھے اور اپنی خاکی ٹوپی ہوا میں لہرا رہا تھا جیسے ہمیں بتا دینا چاہتا ہو کہ میں فوجی ہوں۔ ٹوپی ہمیں اچھی طرح دکھانے کے بعد پھر بولا۔

''ہم نے جان دے رکھی ہے۔''

''اچھا تو بیٹھ جاؤ ہم پر کیا رعب گانٹھتے ہو۔ جان دینا ہم تم سے بہتر جانتے ہیں۔'' ہیرا نند نے جو تین چار مرتبہ جیل کاٹ چکا تھا، بے اعتنائی سے جواب دیا۔

لیکن فوجی بیٹھا نہیں تن کر کھڑا رہا۔ غصہ کے مارے اس کے ہونٹ پھڑ پھڑا رہے تھے۔ اس سے پیشتر کہ وہ ہیرا نند کی بات کا کوئی جواب دیتا میں نے دوسری طرف سے حملہ کیا۔ ''جان دی نہیں کرایہ پر لی ہے۔ پیسے جو لیتے ہو۔''

فوجی نے گھور کر میری طرف دیکھا۔

''کرایہ پر لی ہے۔'' ہیرا نند نے اپنے مخصوص انداز میں طنزاً دہرایا۔ اور بے باک قہقہہ بلند کیا۔

ہیرا نند کو ہنستے دیکھ کر گاڑی میں بیٹھے چار پانچ مسافر اور بھی ہنس پڑے۔ فوجی

نادم اور محجوب اپنی جگہ پر بیٹھ گیا۔

جب وہ لڑتے لڑتے ہار جاتا تو زبان تو بے شک بند ہو جاتی لیکن جسم اور بھی تن جاتا اور چھاتی پہلے سے زیادہ پھول جاتی یا منہ ایک مجسم گالی کی طرح کھل جاتا اور وہ اپنا ایک ہاتھ اس نشست پر پھیلا دیتا جسے اس نے اپنے کسی باہر گھوم رہے ساتھی کے لیے محفوظ رکھ چھوڑا تھا۔

کالا تو وہ تھا ہی۔دھوئیں کی طرح ،لیکن جب غصے کے مارے آپے سے باہر ہو جاتا تھا تو بہت ہی مکروہ اور بدصورت نظر آتا تھا۔ایسا معلوم ہوتا تھا کہ دور غلامی کے کسی امیر کسان نے افریقہ کا ایک حبشی خرید کر اور کسی ڈھنگ سے ٹھوس اور بے جان بنا کر کھیت پر جانے والے جانوروں کو ڈرانے کے لیے مینڈھ پر رکھ دیا ہو یعنی وہ آدمی نہیں ''ڈرنا'' ہو۔

جب دوسرے مسافروں نے ہیرانند کے ساتھ مل کر قہقہہ لگایا تو ہمیں پتہ چل گیا کہ گاڑی میں بیٹھے ہوئے مسافر اسے اور اس کے رویہ کو ناپسند کرتے ہیں یہی سبب تھا کہ انہوں نے ہمارا خیر مقدم کیا اور عملی ہمدردی کا ثبوت دیا نہ صرف صرف سکڑ کر ہمارے لیے گنجائش نکالی بلکہ قریب بیٹھے ہوئے ایک نوجوان نے سیٹ کے نیچے سے اپنا ٹرنک ہماری طرف سرکا کر بیٹھنے کے لیے جگہ بنادی۔

اسی طرح جب کوئی مسافر اسی حبشی نما فوجی سے لڑ جھگڑ کر اندر آ جاتا تھا تو ڈبے میں بیٹھے ہوئے لوگ اس کا خیر مقدم کرتے تھے۔خود تکلیف سہہ کر سب اس کے لیے جگہ بناتے تھے اور فوجی کی طرف فاتحانہ انداز سے دیکھ کر مسکراتے تھے۔

لیکن فوجی کو کسی کے ہنسنے اور بے اعتنائی سے دیکھنے کی ذرا بھی پروا نہیں تھی وہ ہر نئے آنے والے کو روکتا تھا اور بری طرح لڑتا جھگڑتا تھا۔قوت کو قوت سے پسپا کرنے کے بعد ہی اندر آنا نصیب ہوتا تھا۔خوشامد در آمد اور نرمی سے کام نکالنے والوں

کو اپنا سامنہ لے کر مایوس لوٹنا پڑتا تھا۔

فوجی کو صرف اندر آنے والوں ہی سے پرخاش نہیں تھی۔ وہ اندر بیٹھے ہوؤں سے بھی الجھ رہا تھا۔ اور وہ ایک دبلے پتلے آدمی پر صرف اس لیے جھپٹ پڑا تھا کہ اس نے ایک دیر سے کھڑے ہوئے مسافر کو خالی سیٹ پر بیٹھ جانے کا اشارہ کرتے ہوئے کہہ دیا تھا۔ ابھی بیٹھ جاؤ۔ اس کا ساتھی آئے گا تو اُٹھ جانا۔

شاید وہ پتلا دبلا آدمی پٹ جاتا لیکن سامنے سے ایک سڈول اور توانا مسافر چیتے کی طرح لپک کر آیا اور اس نے فوجی کو دست درازی سے منع کیا۔ جب فوجی نے اس منع کرنے والے مسافر کی طرف گھور کر دیکھا تو وہ اپنی جگہ پر جا بیٹھا تھا اور بڑے اطمینان سے اپنی صوبائی زبان پنجابی میں کہہ رہا تھا۔ ''آنکھیں پھاڑ کر کیا دیکھتا ہے میں موٹر ڈرائیور ہوں اور جنگ میں تیرے جیسی کتنی ہی لاشوں کو اِدھر سے اُدھر ڈھویا ہے۔''

''لاشوں کو.....؟'' ہیرانند اس کا جملہ دہرا کر ہنس پڑا۔

ہیرانند کو جو فقرہ یا جملہ پسند آجاتا تھا، اسے وہ ایک بار نہیں سو بار دہراتا تھا اور خوب مزے لے کر دہراتا تھا۔ صرف اتنا ہی نہیں جب خود دہرا کر تسلی نہیں ہوتی تھی تو جس آدمی نے وہ بات کہی ہوتی تھی اسی کے منہ سے دوبارہ سننے کی کوشش کرتا تھا شاید اسی لیے اس نے ڈرائیور سے ناتہ جوڑنا چاہا، بولا۔ ''کیوں بھائی صاحب آپ پوربی پنجاب میں رہتے تھے یا پچھمی پنجاب سے آئے ہوئے ہمارے جیسے رفیوجی ہیں۔''

''جی۔ میں بھی رفیوجی ہوں''۔ اس نے اختصار سے کہا

''اب کہاں رہتے ہو؟''

''گاڑی میں۔''

اس کے کہنے کے انداز پر ہیرانند ہنسا اور دہرایا۔ ''گاڑی میں۔''

''اور رہنے کو کونسی جگہ ہے؟'' اس مرتبہ ڈرائیور کھل گیا۔

''اِدھر سے اُدھر مارے مارے پھرتے ہیں اس لیے دن گاڑی میں ہی گزرتے ہیں۔''

اس کے بعد ہیرانند نے دریافت کیا کہ وہ کون سے ضلع میں رہتا تھا۔ اور فساد کے دنوں میں کیسے اور کب نکل آیا؟ جب بات چیت چل نکلی تو ہیرانند اصل موضوع پر آیا۔ جنگ میں اس کی ملازمت اور ڈرائیور کی بات چھیڑ کر اسی سر پر ہاتھ رکھا جسے وہ سننا چاہتا تھا۔

''یہ لاشیں ڈھونے کی بات آپ نے خوب کہی۔''

''اور کیا لاشیں تو ہیں۔'' اُس نے سنجیدہ آواز میں کہا اور ہیرانند ہنس پڑا۔ پھر اُس نے خود بھی ہی فقرہ دہرایا۔ ڈرائیور سے اُونچی آواز میں لیکن لاش میں جو طنز تھا فوجی اُسے سمجھ نہیں سکا اس لیے جیسے وہ 'کرایہ پر لی ہے' سُن کر چڑھتا تھا ویسے لاش کہنے سے چڑھا نہیں۔ حریف کو چڑائے بغیر دہرانے سے مطلب؟ ہیرانند چپ ہوگیا۔

جب ہیرانند ڈرائیور سے ناتہ جوڑ رہا تھا میں دوسرے مسافروں سے متعارف ہو رہا تھا ان کے چہروں سے زندگی کے حالات پڑھ رہا تھا، آنکھوں میں رنج وغم کے ڈورے دیکھ کر دل میں گھٹ گھٹ کر مر گئی حسرتوں کا اندازہ لگا رہا تھا۔

جب گاڑی میں گھسنے کے لیے اس قدر جدوجہد کرنی پڑتی ہو تو آدمی اطمینان سے بیٹھ کر پڑھنے کی بات کیسے سوچ سکتا ہے اس لیے خواہ کتنا ہی لمبا سفر کیوں نہ ہو میں کوئی کتاب یا رسالہ ساتھ لے کر نہیں چلتا پہلے پہل یہ بات کچھ اکھرتی تھی اور اکتاہٹ محسوس ہوتی تھی لیکن اب یہ حال ہے کہ اگر تھرڈ کلاس کے ڈبے میں فرسٹ اور سیکنڈ کلاس کے ڈبوں کی طرح بھیڑ کم بھی ہو تو بھی میں کتاب پڑھنے کی جگہ مسافروں

سے واقفیت حاصل کرنا بہتر سمجھوں گا۔ گاڑی میں کتنی چہل پہل زندگی اور روا روی ہوتی ہے۔ کتنی زندہ کتابیں اپنے سالہا سال کا تجربہ ہمارے سامنے ٹھوس صورت میں پیش کرتی ہیں۔ اگر آدمی ان سے نہ سیکھے تو ساری عمر کتابیں پڑھ کر بھی کچھ نہیں سکھ سکتا۔

اس خیال نے مجھے بہت ہی حساس اور چوکنا بنا دیا ہے گھر میں...... گاڑی میں...... پلیٹ فارم پر، ہر جگہ ہر شخص کو میں دھیان سے دیکھتا ہوں اور دیس کے چالیس کروڑ انسانوں کی روح میں جھانک لینے کی تمنا رکھتا ہوں۔

ہیرا نند نے دوسروں کی بات کی۔ داد دینے اور اپنی بات کی داد حاصل کرنے میں زندگی بسر کی تھی۔ لوگوں کی بات دھیان سے سنی اور انہیں اپنی سنائی تھی۔ اس لیے وہ عوام کے اندر دھنستا چلا گیا تھا۔ غیر شعوری طور پر اس کے اندر ایک مردم شناس حس پیدا ہو گئی تھی اب وہ آدمی کو ایک آنکھ دیکھ کر پرکھ سکتا تھا۔ اس کے ساتھ پہلی مرتبہ سفر کرنے سے معلوم ہوا کہ جن باتوں کو میں معمولی سمجھ کر نظر انداز کر دیتا ہوں۔ وہ ان سے خاص دلچسپی لیتا ہے اور مجھے وہ اپنے تئیں کوستا اور کہتا ہوا محسوس ہوتا۔ ''تم یہ کیوں نہیں...... کیوں نہیں دیکھتے؟''

گاڑی میں سوار ہونے سے پہلے اس نے پلیٹ فارم پر ایک کنبے کی طرف میرا دھیان دلایا تھا۔ یہ یوپی کا ایک کسان کنبہ تھا کل پانچ افراد تھے ایک بوڑھا، ایک مرد ایک عورت اور دو بچے۔ وہ دیہات سے آئے تھے اور گنگا اشنان کرنے کانپور جا رہے تھے۔ دوسرے دن کوئی تہوار تھا اور کانپور میں میلہ بھرنا تھا۔ وہ لوگ دور سے چل کر آئے تھے۔ تھکے ماندے اور بھوکے تھے، بیٹھے کھانا کھا رہے تھے۔

''ذرا دیکھو تو سہی۔ یہ کیا کھا رہے ہیں؟'' ہیرا نند بولا۔

ان کے درمیان آٹے جیسی کسی شے کی پوٹلی رکھی ہوئی تھی اور وہی شے ان کے سامنے برتنوں میں پڑی تھی جسے وہ پانی سے بھگو کر اور گوندھ گوندھ کر کھا رہے تھے۔

ہمارے لیے یہ کھانا عجیب تھا اور یہ لوگ بھی عجیب تھے جو اسے بنا کسی سبزی ترکاری اور وہی دودھ کے کھا رہے تھے۔

معلوم ہوا کہ وہ شے ستو ہے جو اس صوبہ کے غریب طبقہ کی محض خوراک ہے۔ میں حیران تھا ستو دو چار مرتبہ پیے تو تھے لیکن یوں کھاتے دیکھنے کا پہلا اتفاق تھا اور پینے کے ستو اس کھانے کے ستو سے مختلف ہوتے تھے۔ ہیرا نند اور میں انہیں دیکھنے لگے۔ پلیٹ فارم پر چونکہ بہت لوگ گھوم رہے تھے اس لیے اجنبی کنبہ کو ہمارا اُن کی طرف دیکھنا ناگوار محسوس نہیں ہوا۔ میں دیکھ رہا تھا اور یاد کر رہا تھا کہ منشی پریم چند نے اپنی کہانیوں اور ناولوں میں عوام کی اس خوراک کا ذکر اکثر کیا ہے۔ ایک عجیب منظر تھا۔ کیا وہ لوگ اسی خوراک کے لیے جیتے اور محنت کرتے ہیں؟

''اس میں کچھ ڈالتے بھی ہو یا ویسے ہی کھا لیتے ہو؟''

''ہاں، ہاں گڑ ڈالتے ہیں۔''

بوڑھے کے بیٹے، بچوں کے باپ اور اس عورت کے خاوند نے تقصیروار نگاہوں سے ہماری طرف دیکھتے ہوئے جواب دیا۔ اور اپنے آگے رکھے ہوئے ستو کا پنڈ سا بنا کر منہ میں ڈال لیا۔

ہم ان کے دبلے اور دھوپ سے جھلسے ہوئے جسموں، سوکھے چہروں اور اس خوراک کی طرف دیکھتے رہے اور پھر ایک بنچ پر جا بیٹھے۔

ہیرا نند چپ چپ کم رہتا ہے اس کے پاس سنانے کو اتنی کہانیاں ہیں کہ کبھی ختم نہیں ہوتیں اور ان کہانیوں کی جڑیں زندگی میں گہری چلی گئی ہیں، اس لیے بڑھتی اور پھولتی رہتی ہیں ان میں نت نئی شاخیں پھوٹتی ہیں اب وہ ان کہانیوں کو بھول کر اس کنبہ کی بات سوچ، رہا تھا۔ شاید کسی کہانی میں اس واقعہ کا پیوند لگا رہا تھا بولا۔ اس میں وٹامن کیا ہوتے ہوں گے۔؟

وٹامن تو ان کے چہروں ہی سے ظاہر ہیں۔ میں نے جواب دیا جسے اس نے دہرایا اور ہنس پڑا، لیکن یہ ہنسی نہیں تھی، احساس کا کرب تھا...... گہری ٹیس تھی۔

اب وہی کنبہ گاڑی میں میرے سامنے بیٹھا تھا صرف عورت اور بوڑھے کے پورے جسم پر میلے کچیلے کپڑے تھے مرد اور بچے دھوتی اور لنگوٹیوں کے سوا بالکل ننگے تھے۔ جسم دھوپ اور سردی سہتے سہتے سیاہ اور سخت پڑ گئے تھے۔

انہیں دیکھ دیکھ کر مجھے وٹامن کی یاد آ رہی تھی اور وہ ہنسی یاد آ رہی تھی۔ ہیرا نند جینے کو ہر وقت ہنستا ہے کیونکہ وہ کبھی اپنے دکھ سے بھی دکھی نہیں ہوتا لیکن اس کی یہ ہنسی عجیب تھی اس میں غم اور درد نہاں تھا۔

ایک کنبہ کیا ڈبہ میں اکثر ایسے ہی لوگ بھرے پڑے تھے جو محض ستو کھا کر فاقے سے رہ کر زندگی بسر کرتے تھے ننگے اور سیاہ تھے۔

میں سوچ رہا تھا کہ ان میں کون ہوری، کون گوبر اور کون جھینگر ہے؟ کیا وہ نسل در نسل ستو کھاتے آئے ہیں؟ ورنہ ایک دو پشت میں تو آدمی کی نسل اس قدر کمزور نہیں ہو سکتی؟

گاڑی پوری رفتار سے چل رہی تھی۔ ڈبہ لوگوں سے کھچا کھچ بھرا ہوا تھا۔ اُوپر برتھ پر بیٹھے ہوئے لوگ بندروں کی طرح گردن آگے کو نکال جھانک رہے تھے کیونکہ سیدھے بیٹھنے کے لیے جگہ کافی نہیں تھی۔ دائیں طرف دو تین آدمی بحث کر رہے تھے۔ بحث کیا تھی وہ کسی کھدر پوش کو سنا رہے تھے کہ تکلیف کم ہونے کی جگہ بڑھ رہی ہے۔

اِدھر بحث ہو رہی تھی اُدھر میں روکھے سوکھے چہروں کو دیکھ رہا تھا۔ ہیرا نند اپنے نئے دوست کے ساتھ باتوں میں محو تھا اور فقرے اور جملے دہرا کر ہنس رہا تھا۔

اب اس کی ہنسی صاف اور آسودہ تھی اس میں طنز کا عنصر تو ضرور موجود تھا مگر درد اور غم نہیں تھا۔ میں نے سوچا کاش پریم چند کو بھی یہ ہنسی نصیب ہوتی لیکن وہ تو اپنی

جھینگروں مینگروں کے درمیان رہتا تھا۔ جس جنتا سے اس نے گہرا تعلق قائم کر رکھا تھا اس کے دکھ کو محسوس نہ کرنا اس کے لیے ممکن نہیں تھا۔ آخر انہی کے غم میں گھل گھل کر اور انہی کے لیے سکھ اور سوراج کی تمنا کرتے ہوئے وہ مر گیا۔

فرق کیوں نہیں؟ پہلے دیس غلام تھا اور اب آزاد ہے۔ یہ فوج ہماری ہے یہ جوان ہماری حفاظت کریں گے......

کھدر پوش نے اتنی اُونچی آواز میں کہا کہ ڈبے میں بیٹھے سب لوگ چونک اُٹھے اور اس کی طرف دیکھنے لگے چہرے سے جھنجھلاہٹ اور جوش نمایاں تھا۔

میں نے یہ الفاظ پہلے بھی اخبار میں پڑھے تھے جو ۱۵ اگست کو کانگرسی سرکار کے ایک کانگرسی گورنر نے آزادی کی سالگرہ کے سلسلہ میں فوجوں کا سلوٹ لیتے ہوئے کہے تھے۔ کھدر پوش مہاشہ جی وہی الفاظ دہرا رہے تھے۔

ہیرانند خود بھی دوسروں کی بات دہرانے کا عادی تھا لیکن دہرانے سے پہلے وہ الفاظ کے اصلی مدعا ان کی روح کو سمجھ لیتا تھا۔ صرف دہراتا ہی نہیں تھا جو بات ناپسند ہوتی تھی، اُس کی مخالفت بھی کرتا تھا، اکثر مزے دار جواب دیتا تھا وہ کھدر پوش کی بات سن کر تڑپ اُٹھا۔ کھڑا ہو کر تیز اور اُونچے لہجے میں بولا۔ ''جناب ذرا ادھر توجہ فرمایئے کیا یہ بھی سپاہی ہمارے ہیں۔''

لوگ ہنسے اور وہ اس انداز سے کھدر پوش کی طرف دیکھنے لگے جس انداز سے تھوڑی دیر پہلے کالے بھوت سپاہی کو دیکھ رہے تھے۔

ہیرانند فاتحانہ انداز سے مسکراتا ہوا اپنی جگہ پر بیٹھ گیا۔ میں نے اس کا گھٹنا دباتے ہوئے کہا۔ ''یہ بھی تو پوچھ لیتے کہ جو آدمی بھوک سے مر رہا ہے۔ فوج اس کی کیا حفاظت کرے گی؟''

جس آدمی کی سیٹ کی حفاظت یہ کالا بھوت جان دے کر بھی کر رہا تھا، وہ عہدہ

میں اس سے اُونچا تھا۔ یعنی سپاہی کی بجائے نائک تھا وہ پھیل کر آرام کرنا چاہتا تھا اس لیے فوجی ٹوپی دکھا کر ڈرانے دھمکانے والا یہ ننگا دھڑنگا آدمی اس کے لیے جگہ خالی کر کے خود نیچے فرش پر جا بیٹھا کیونکہ اپنے نزدیک اس نے کسی کو کھڑا تک نہیں ہونے دیا تھا۔

'کرائے پر' ہیرا نند طنزاً دہرا کر مسکرا پڑا۔

گاڑی چل رہی تھی۔ ہم سب چل رہے تھے اور جو چل رہا ہے اس کی منزل بھی ضرور ہوتی ہے۔

●●●

منتخب عصری افسانوں کا ایک اور مجموعہ

انسان اور درندے

مصنف : ہنس راج رہبر

بین الاقوامی ایڈیشن جلد منظر عام پر آ رہا ہے